괄호의 말들

괄호의 말들

길 잃은 마음이 머무는 그곳

생강

채륜서

프롤로그

이 책은 힘겨움과 깨달음, 그 이후를 길게 나열한 책입니다. 일상에서 얻은 슬픔과 극복을 말하고요. 어떤 단어는 이전의 날을 만회하듯 반복했고 어떤 문장은 여전히 제게 유효합니다. 함부로 위로하고 싶지 않아 스스로에게 집중하며 자조적이고 개인적인 시선을 남발했는데, 날것의 마음을 뜨끈한 열망으로 다듬으니 어딘가 수상한 모양이 되었습니다. 속 시끄러운 사람 하나를 빚은 느낌입니다.

세상에 내보낸 이야기들은 일종의 분신처럼 느껴집니다. 3년 전부터 시작한 이야기들을 하나씩 추려, 다시 한번 글과 그림으로 완성하면서 성숙과 미성숙의 경계에서 아찔하게 줄타기를 했습니다. 적나라하게 내면을 뒤적거리는 습관은 여전하더군요. 끊임없는 배출과 미약한 다짐의 반복으로 삶이 이어진다는 사실도 깨달았어요. 회복은 느리고 공격은 매일 발생하지만, 삶은 극적이지 않아서 소중하다는 것도요.

포옹이 고플 때마다 이야기를 지었습니다. 단어가 단어를 껴안을 때 순간은 결속되고 사랑은 연쇄적으로 등장합니다. 그 안에서 노래 부르고 싶어요. 몸도 마음도 건강하고 싶다는 말입니다. 단단한 사람이 되어볼까요. 서로 부딪히면 경쾌한 소리가 날 정도로. 우리의 악수에서 꽃이 피도록. 떠다니는 마음을 주체할 수 없다면 저와 함께 절망하고 다시 걸어가요.

쓰고 그리며 저는 한 뼘 더 제가 되었습니다. 지금의 최선도 언젠가 어린 날의 이야기가 될 것입니다. 그래서 좋습니다. 야금야금 성장하는 것이요.

이 글과 그림으로, 각자의 지옥에서 헤엄치며 연약한 삶을 쥐고 달리는 우리에게 잠시나마 숨 쉴 틈이 생기기를. 감정을 깊이 들여다보며 스스로가 될 수 있기를. 그리하여 책장에 오래 꽂혀 있는 이야기가 되기를 바랍니다.

주문처럼 외우는 문장이 있습니다.
오늘도 여기에 두고 갑니다.

'이 글을 보는 곳이 어디든,
지금 당장 그 자리에서 행복하시길.'

자, 사적인 영역에 오신 것을 환영합니다.

2022년 11월, 손바닥을 매만지며
생강

차례

프롤로그 • 5

1 나를 잃은 마음

난 말이야 • 13

말하지 않는 것 • 17

지금 내 얼굴 보이니 • 21

집이 없는 말들 • 25

사랑과 상처 • 29

어떤 날을 지나 • 33

어느 저녁의 기분 • 37

왜 나만 두고 • 41

괄호의 무덤 • 45

잘하고 싶었는데 • 49

참 웃기지 • 53

나는 어딨지 • 57

눈처럼 외로운 • 61

숨이 부족한 관계 • 65

사과를 들으면 • 69

2 나를 찾는 마음

당연한 이야기 • 75

로즈마리 • 79

나라면 • 83

눈에 보이는 마음 • 87

나의 작은따옴표 • 91

혼자라는 것 • 95

원동력의 출처 • 99

비교 • 103

내게 필요한 확신 • 107

정말 시간이 해결해 준 걸까 • 111

동화 • 115

비로소 이해한 이야기 • 119

짠 걸 먹었더니 • 123

수정 테이프 • 127

울면서 걷자 • 131

증명 • 135

내가 나를 구해줄 때 • 139

나는 덜 실패하고 싶었지 • 143

좋아하는 것을 찾는 법 • 147

사람이 하는 일 • 151

3 내가 되는 마음

하늘에 바느질 • 157

집을 갖고 싶다 • 161

단 몇 음이라도 • 165

무례한 이에게 • 169

새로운 좌우명 • 173

편지 • 177

나를 맡길 곳 • 181

사진은 책갈피 • 185

어디로 가지 • 189

주문 • 193

벼랑 끝에서 • 197

지금 당장 이 자리에서 • 201

하찮고 위대한 • 205

나로 돌아가자 • 209

풍선을 불어 • 213

1

나를
잃은 마음

나는 언제나 혼자 다치고 혼자 회복하는 사람

가루였다가 돌이었다가 슬픔이 되는 사람

난 말이야

혼자 상처받고 혼자 해결하는 시절. 아무도 말을 걸지 않는 날엔 상상 속의 네가 뱉은 말에 실제로 다친다. 주기나 리듬도 없이 자책은 상시적이다. 다치고 싶지 않을 때마다 다쳤고 다쳐도 좋은 날엔 외로웠으므로. 웃기지, 나는 혼자 다치고 혼자 회복한다. 공격하고 끌어안고 다시 상처내고 가다듬는 방식으로.

숨을 막고 운다. 다시 오지 않을 날들을 그렇게 보낸다. 울고 난 다음엔 언제 그랬냐는 듯 개운하게 다시 태어난다. 아침에 일어나면 어제의 나를 모른다는 듯 사는 게 우스워. 노래를 재생하고 엊그제 맛있게 먹었던 차를 꺼내고 물을 끓이고 햇살에 점령당한 거실 바닥을 가만히 응시한다. 눈이 퉁퉁 불어서 시야가 정상인지 헷갈렸으나 그것은 어떤 상태였고 중요하지 않았다. 털어내면 거짓말처럼 다시 살 수 있어. 우롱차 한 모금에 식도를 타고 내려가는 어제의 일. 모락모락 퍼지며 소멸하는 자책의 감각. 나의 세계가 무너지지 않을 것이라는 작고 연약한 믿음. 그 힘으로 울고 오늘을 산다.

혼자 상처받고 혼자 회복하는 건 오래된 습관이자 나름의 생존 방식이다. 고약한 취향이고, 혼자서 세계를 부수고 확장하는 게 좋다. 행복과 슬픔이 엎치락뒤치락하는 삶이 지겹고 사랑스러운데 가끔은 쓰라려서 눈을 앙 다문다. 숨바꼭질하는 아이처럼, 검은 시야 속에서 찰나의 도망을 꿈꾼다. 그러다 눈을 뜨면 평화로운 날이 이어지기도 한다. 사는 건 예측할 수 없어서 즐거운데 그래서 무섭고 숨이 차. 그러나 갑작스럽게 찾아오는 평화가 소중해서 다시 일어나지. 차가 담긴 컵을 움켜쥐었다. 식었지만 향기롭다.

혼자서 할 수 있는 일이 무엇인가, 하고 누군가 묻는다면 이렇게 답할 것이다. 울고 일어나고 가루가 되고 돌이 되고 슬픔과 행복이 되는 것이요. 그리고 이것은 제멋대로 온다는 사실을 압니다. 온 힘을 다해 서럽게 울면 부서지는 가루가 되고 의연하게 일어나면 돌이 되는 기분인데, 단단한 돌로 살아가다가 문득 눈물이 나면 가루가 되는 과정을 기억합니다. 흩어지고 뭉치기를 반복하면 마음이 단단해질 줄 알았는데 그것도 그뿐. 깨달음이 지나간 당일에만 유효한 깨달음. 그저 평생 부서지고 결합하는 마음이라 생각하고요.

삶은 슬픔과 행복에 무작위로 정차하는 열차, 나는 홀로 탄 승객이고 밖에선 웃고 안에선 우는 사람일 뿐. 혼자서 세계의 모든 상처를 껴안다가도 세계를 너무 사랑하는 사람일 뿐.

○

서운한 것을 말하지 않는다. 그것을 말하는 순간을
견딜수 없을 것 같다.

내가 상대방을 견디는 깊이를 들키는 것 같아.

말하지 않으니 서운함이 날 좀먹어.
자꾸 마음이 곪는다.

말하지 않는 것

서운한 감정은 말하기보다 속으로 안는 것이 편하다. 온전히 소화하려면 여전히 오랜 시간이 걸리지만 삼키는 것이 익숙하다. 편하다, 라고 말한 것은 더 이상 갈등을 겪지 않아도 되어서다. 실은 날카롭고 매운 조각을 목구멍 너머로 삼키는 일이며, 조각은 마음을 무심하게 긁고 지나간다. 곰팡이처럼 눅눅한 말이 쌓여 명치 부근이 일렁이는데도 아무 말도 꺼내지 않는다. 말하지 않아서 다행이라고 생각한다. 싸울 거리가 없는 게 다행이다. 다행이지. 정말 다행인가.

서운하다고 말한 적이 있다. 백 번의 고민과 한 번의 말.

고민을 농축해 말하고 싶어서 오랫동안 생각 속에 살았다. 서운함에 정당성이 붙을 때까지 기다렸다. 말을 꺼낸 어느 날, 순간적으로 목격한 상대방의 표정, 몸짓, 말투. 그것으로 재차 상처받은 나의 떨림. 괜히 말했다 싶은 순간. '차라리 말하지 말걸.'이란 생각과 "많이 서운했다는 건 아니고. 맞아, 나도 잘못했어, 미안해."의 반복. 그때를 경험한 뒤로 서운함을 발음할 때 나의 깊이를 들키는 것 같아 비슷한 상황에서 매번 허우적거린다. 들키고 싶지 않은 마음을 들킨 사람이 되었고 그럼에도 사과를 받지 못했고 도리어 내가 너에게 사과를 했던 기이한 이야기. 그날 밤은 사람이 싫어서 이불을 뭉치고 머리를 파묻은 채 아주 악을 쓰듯이 소리를 질렀다. 거칠게 소리쳐도 풀리지 않는 마음이 있다.

때로 우리는 속이 좁아 보일까 봐 두려워한다. 나와 타인이 느끼는 서운함의 깊이가 다를 것 같다는 두려움. 나를 제외한 모든 사람들은 이 정도의 서운함은 견디고 살지 않을까 하는 추측. 세상이 말하는 보통의 규격에 맞지 않는 옹졸한 마음을 가진 건 아닐까 하는 걱정, 그리하여 보통의 사람들 사이에서 내가 불화의 시작이 될 것 같은 부정적 긴장감. 타인은 내가 아니므로 나의 감정을 오롯이 느낄 수 없어서 솔직하게 말하는 것이 가장 좋은 방법인 걸 알면서도 서운함을 삼킬 때마다 몸에 좋지 않은 음식을 먹는 것 같아 몸에게 미안하고 슬프다.

말하고 싶어. 나는 당신을 견디는 깊이가 이 정도인데 당신은 내게 너무 무겁다고. 당신의 무게가 버거워서 점점 파묻힌다고. 당신 앞에 서면 후회와 체념을 반복한다고.

너는 그런 걸 너무 쉽게 말해. 나는 어려운데.

해사하게 웃으면서 악감정 따위 한 줌도 없다는 듯,
내가 이해할 수 없는 행복을 차례대로 쏟아내고는
나의 불행을 우려내서 네 양분으로 삼키는 너.

방 안에 압축된 기분을 아니. 나는 그렇게 진공 포장되어
있었어. 네가 이해할 수 없을 만큼 망설이고 구겨지면서.

나는 맑은 날보다, 내려앉은 햇살보다,
엉망진창인 내 방보다, 네가 더 미워.

지금 내 얼굴 보이니

착한 사람이 나쁘게 느껴지면 그건 내가 나빠서일까. 군더더기 없는 사람들과 말을 하고 웃는 짧은 순간에도 얼굴엔 서늘함이 몰려온다. 그들의 해사한 웃음과 지는 햇살이 날 비참하게 만들 때, 아주 사라지고 싶었다.

내가 하지 못하는 것을 누군가 부드럽게 심지어 자연스럽게 해내는 모습을 보면 아릿한 마음을 감출 수 없다. 난 그게 어려운데 그는 너무 쉽게 말하곤 하지. 그는 내가 아니고 나는 그가 아니므로 상처받는 범위가 다르다는 걸 알면서도 한구석으로 숨어버린 마음은 밖으로 나올 생각이 없어 보인다. 그에게 보여줄 수 있는 마음이 더는 없다고 생각하면서.

　네가 밖에서 생활할 때 나는 안에 압축되어 있었어. 어느 곳으로도 도달할 수 없다는 듯 온몸이 진공 포장되어 있었지. 썩지도 않고 누추한 마음이 그대로 보존된 상태. 잔잔하게 끓는 마음이 지속되는 상태.

　그거 아니. 누군가 행복한 날들을 지나왔다면 누군가는 불행으로 그 시간을 힘겹게 통과하기도 해. 누군가 밝을 때 누군가 어두울 수 있다고. 알면서도 내 마음이 어두울 땐 그게 어렵다. 받아들이고 인정하고 그렇구나, 그렇구나, 하면서 나로서 살아가는 게 어려워. 여기, 수신자 없이 중얼거리는 마음이 있다.

　난 네게 쉬운 것이 내겐 어렵다고 말했어. 추해지기 싫었으므로. 그럼에도 너는 내가 이해하지 못할 말들을 여러 차례 쏟아내고는 네 행복과 내 불행에 취해 어떤 선을 자주 그리고 매끄럽게 넘나들었지. 넌 내 불행을 우려내어 네 양분으로 꿀꺽 삼키고 있던 것을 아니.

지금 내 얼굴 보이니. 내겐 어려운 행복을 조잘거리는 너. 그것을 응시하는 나의 표정은 어떤 불행이니. 네 눈과 입을 허름한 마음으로 쳐다보고 있지는 않니. 물컹거리는 마음이 새어나가지는 않니. 네가 그걸 알아차리고 있니.

　　나는 선명한 하늘보다, 도로 위로 스며드는 햇살보다, 내 마음처럼 엉망인 방보다, 네가 더 미워. 아마 넌 영영 모르겠지. 환하게 웃는 표정으로 또 다른 이를 할퀴고 있을 테지. 너는 누구에게 착한 사람인가.

　　이상한 방향으로 웃자란 마음이 우리에게 얼마큼 독이 될 수 있을까.

집이 없어 우는 말들아,
나는 너희들의 집을 모른다.

나는 너희들의 집이 아니다.

집이 없는 말들

이루지 못한 것들이 멀리 있다. 저 별처럼 희미하게 반짝이는데 우리의 간격을 계산할 수 없고, 계산한다 해도 이루지 못한 일이라는 사실은 변치 않는다. 집을 찾지 못한 말들은 나를 떠나 허공에 머문다. 집이 없어 울고 밤새 떠돌아다니고.

말들이 집을 찾아 어슬렁거릴 때, 나는 아무것도 하지 못했다. 이루고 싶었으나 이루지 못한 게 더 많았고 빛나는 모든 것들은 내 것이 아니었으므로 그림자처럼 흐느적거리는 어둠 속에 살았다. 우두커니 서서 모든 것이 떠내려가는 것을 바라보았고, 잡을 능력과 힘이 없었다. 무언가를 쥘 악력이 없었고 부서진 마음으로는 원하는 성공에 닿을 수 없었다. 길을 몰라 헤매는 꼴이었는데 눈만 껌벅껌벅 고개는 살짝 숙인 채, 얻지 못한 행복과 사랑과 명예와 부드러움과 끈기를 세어본다. 말로는 살아나지 않는 소망이었고 내가 원한 것은 나를 제외한 모든 곳에 살아있었다. 오로지 나만 퇴장한 것을 뒤늦게 알았다.

어떤 이는 사랑으로 세상을 바라보고 어떤 이는 값진 명예를 획득하고 또 어떤 이는 스스로와 포옹하며 자신의 세계를 견고히 다질 때, 나는 암흑을 모았다. 우리는 같은 시간을 다른 방식으로 살았고, 길 잃은 소망들이 나를 찾아다니는데 그들의 집이 될 수 없어 외면했다. 나는 너희들의 집을 모른다. 집이 되기엔 너무 후줄근하고 뻐근해.

성공한 나를 상상하고, 그와 지금을 비교해 본다. 나의 소망이 잘못됐거나 존재가 잘못됐거나 하여간 둘 중에 하나는 잘못되었다고 혼잣말을 했다. 그래야 이 좌절이 설명되지 않나. 집이 없어 우는 말들과 나란히 서서 울었다. 도와달라고 말할 용기가 없었다. 옆에 아무도 없었을지도 모른다. 깊은 곳에서 나를 꺼낼 수 있는 사람은 나뿐인데 나를 구할 내가 메말라갔기 때문에.

바닥에서 사는 것이 익숙해질 때쯤 새로운 바닥이 등장한다. 파고드는 것은 제한이 없구나. 절망은 부지런하네. 쏘다니는 말들을 외면하는 내가 있다.

나는 너희들이 집이 될 수 없다고 중얼거리면서.

사랑과 상처

가까운 사람에게 상처를 받고 크게 울었다. 더 아프고 더 실망했기 때문이다. 왜 그런 말을 서슴없이 뱉을까. 서로에게 곁을 내어주는 것과 상처받는 말을 뱉는 것은 사람이 저지를 수 있는 가장 깊은 모순이 아닌가. 우리는 이토록 가까운데 왜 그렇게 날카로운 말을 휘두른 걸까.

가장 가까운 사람이어서.

가깝다는 것은 그가 나의 행동반경에 들어와 돌아다녀도 괜찮을 만큼 그를 믿는다는 뜻이다. 그러니까 나의 말과 눈빛과 일상이 반쯤은 그의 곁에 머물고 있어서 날카로운 말을 휘두

르면 마음이 속절없이 찢어지는 거리. 우린 그런 거리에 있다.

　모르는 이의 헛소리는 헛소리로 둔다. 사랑하는 이의 말은 대체로 사랑의 언어로 해석한다. 그러니 가까울수록 상처를 주지 않는 것이 맞지 않나. 애초에 마음에 가둔 사람이 뱉는 말은 상처가 아닌데, 너는 지금 칼날을 뱉었고 지금은 말 한마디로 마음에 칼집을 내는 사람이 곁에 있다. 서로의 어깨가 닿는 거리에서 아픈 말을 뱉는다. 가까울수록 깊은 상처가 나고 비참함이 스멀스멀 풍긴다. 이내 상처에서 우는 소리가 들린다. 그에겐 보이지도 들리지도 않는 방식으로. 내게 유효한 영역에서 상처는 점점 벌어진다.

　중요하지 않은 사람이 나에 대해 공격적으로 말하면 그는 그저 그런 사람으로 기억된다. 더 이상의 발전이 없는 관계라면 공격은 내게 적용되지 않는다. 이럴 때면 상대도 지쳐서 다른 이의 흠을 찾으러 떠나기 때문에 차라리 나와 상관없는 사람의 말은 흘려보내기가 쉽다. 가까운 사람은 가까운 몫을 한다. 그가 남들과 같은 말을 내뱉는다고 해 보자. 아마 멀리서 나를 겨냥한 누군가의 비난보다 아플 것이다. 나를 더 깊이 찌를 것이다.

곁을 준 건 잘못이 아니다. 다만 손가락을 튕겨서 영역 밖으로 추방하고 싶을 뿐이다. 가까울수록 상처를 주지 않는 사람들과 옹기종기 모여 살고 싶다. 내게 내밀던 손으로 날 찢지 않았으면 좋겠다. 나의 영역은 입구를 찾기도 어렵지만 출구의 존재도 흐릿해서 그가 영역 밖으로 나갔는지 알 수도 없다. 나갈 수 없다면 천천히 소멸되어 희미해지길 바란다.

상처를 준 사람을 볼 때마다 마음에 생채기가 난다.

정말 웃기지 않니.
외로워서 그만하고 싶던 날이
바람처럼 사라진 게.

그 날을 통과하고도 내가 살아있는 게.

좌절과 성취 사이에서 문을 열고, 나의 선택에
잡아 먹혀 연속적으로 타격을 입고도 이렇게 무심하게
살아있다는 게.

정말 웃기고 애틋하지 않니.

어떤 날을 지나

다시는 앞으로 가지 못할 것 같았는데, 어느새 여기 서 있다.

며칠 전까지 바닥에 눌어붙어 있었다. 은은한 좌절에 절여져 스스로를 가뒀다. 아무 일도 하지 않았다. 오늘에서 내일로 넘어가는 건 시간의 힘이지 내 힘으로 이룬 게 아니어서 자책에 시달렸다. 이룬 게 아무것도 없어. 실은 아무것도 하지 않은 게 나의 선택이었는데. 내 선택에 내가 상처받으면서, 다시 반복. 그저 시간에 등 떠밀려 흘러온 곳이 내일일 뿐이고. 오늘을 낭비한 몸으로 내일에 진입해도 될까. 이불 속에서 시끄럽게 생각했다. 그렇게 내일이 되었다.

웃기지 않니. 그런 날을 통과하고도 이렇게 무심하게 살아 있다니. 내일이 와도 우는 것밖에 할 일이 없으리라 믿었는데 지금은 울 시간도 없이 바쁘게 살아있다니.

어두운 날은 나도 모르게 찾아와서 나도 모르게 지나간다. 아무리 지나갔다 해도 나는 그걸 겪었는걸. 그렇다면 그건 없 어지는 게 아니지. 흔적이 남은 거지. 있지만 없는 것. 순간적 인 흐름으로 통과해 보니 남은 것은 건조한 고통의 잔여물뿐.

영원한 건 없다는 말은 이럴 때 쓰고 싶다. 영원한 고통은 없다. 그때만큼은 막막함이 지속되었으나 꾸역꾸역 살던 내가 지금을 사니까. 그렇다면 영원한 고통은 없는 거지. 다만 오늘 을 살았던 거지.

그러나 나는 그때의 감각이 아주 두렵고 다시 찾아오면 어 떤 식으로 대처할지 방법을 생각해두지 않았다. 시도는 해보 았으나 막상 현실이 되면 어떤 방법도 적용할 수 없을 정도로 예상외의 일들이 벌어지기 때문이다. 할 수 있는 건 그저 힘겨 움을 받아들이고 기어가는 것. 내 발과 팔꿈치 힘으로 시간에 올라타 노를 저으며, 주름지는 물결을 가로지르며 온몸으로 오늘을 견디는 거다.

눈을 감은 것보다 어두운 날을 살다가 지난날을 통과해 매서운 흔적을 어루만지며 그때를 떠올리다니. 그런 나를 애틋하게 보다니.

온몸을 찔리면서 지나왔어. 언제나 그랬듯이. 매번 다른 굵기의 바늘로 찔리면서. 극복치곤 미지근하다. 허무하다. 무엇을 위한 고통이었을까. 다음번엔 얼마큼 뾰족할까. 삶은 정말 알 수 없어. 이렇게 무심하게 살아도 되는 걸까.

허무하다. 허무해서 쓸쓸하다. 쓸쓸해서 배고프다.
배고파서 허름하다. 허름해서 어지럽다.
어지러워서 보고 싶다. 보고 싶어서 초라하다. 초라해서
우습다. 우스워서 웃었다. 웃어서 울었다.
울음의 종착지는 피곤이었다.

충혈된 마음으로 어디까지 갈 수 있을까.

어느 저녁의 기분

사람과 사람 사이의 일은 사람을 지치게 한다. 책상 위에 흘러내리듯 엎드렸다. 차가운 기운이 팔뚝에 번지고 그 위에서 오랫동안 질척거렸다. 어딘가에 푹 안긴 사람처럼 체중을 싣고 책상에 파고들었다. 팔다리의 힘이 풀린다. 얼굴과 맞닿은 부분에 김이 서렸다가 서서히 사라지기를 반복한다. 책상 위에 얇은 시집이 입을 벌린 채 굴러다닌다. 눈동자를 굴리다가 허무하다는 단어를 보았다.

허무해. 단어를 읊자마자 묽은 질감이던 기분이 명료해졌다. 지금 허무하구나. 허무해지는 게 싫어서 꽤나 노력했는데 결국 허무해지는 결말이었구나. 사람은 사람을 허무하게 만드는구나. 허무해서 쓸쓸하고 쓸쓸해서 배고프고 배고파서 허름하고 허름해서 어지럽고. 그렇구나.

모두 같은 기분이었다. 허무하고 외롭고 배고프고 보고 싶고 허름하고 쓸쓸하고 초라하고 대충 우스운 마음은 모두 같은 뿌리였으므로. 엉켜있지만 결국 하나의 마음에서 자라난 거다. 나의 허무는 여러 가지네. 사랑받고 싶다, 미움받을 자신이 없다, 갈등이 죽도록 싫다, 평화롭게 살고 싶다, 좋은 말만 하고 좋은 말만 먹고 싶다. 연속적으로 소망을 읊었다.

사람을 대하는 일, 그것은 분명 사람의 일인데 사람의 몸과 마음으로 견디기엔 너무 거세다. 작은 미움들을 잔잔하게 감당하던 날이 있었고, 하고 싶은 말을 속으로 욱여넣다가 초라하게 터져서 땅에 떨어진 말을 주워 수습하던 날이 있었다. 식물에 물을 자주 주면 과습이 와. 그러면 살리기 어렵지. 마음에도 과습이 와. 뿌리가 썩는지 흙에서 죽음의 냄새가 나는데 그게 나의 상태인 줄도 몰랐지. 줄기고 이파리고 전부 고개를 숙이며 아픔을 뿜어내듯이, 책상 위로 고개를 밀착했다.

허무하다. 속에 있는 걸 박박 긁어내 모조리 뱉어낸 느낌이다. 배가 고파서일까. 사람은 왜 슬플 때 배가 고파서 애처로워지는지. 사람을 위해 노력하는 일은 가끔 감당할 수가 없다.

충혈된 마음으로 어디까지 갈 수 있을까.

너의 성공에 초라해져.
이제껏 내가 해온 건 아무 쓸모가 없는 것 같아.

왜 날 두고 빨리 가?
어쩜 다들 그렇게 정확하고 빠르게.

가끔은 정말 낭떠러지 같아.

왜 나만 두고

철 지난 고백 하나.

널 사랑해, 그리고 가끔은 너의 성공에 무기력해져. 시도와 성취, 앞으로 나아가는 힘, 그런 게 부러워서 정말 작아지고 어두워지는 날이 있어. 나는 여전히 이 자리인데 너는 한참을 멀리 가 있고, 도무지 미워할 수 없는 사람이어서 혼자 끙끙 앓다가 고통스러워해. 내가 할 수 없는 것들을 해내는 모습이 나를 종종 초라하게 만들어.

꼭 네가 아니더라도 타인의 성공을 내 앞으로 끌고 와서 나의 현실과 비교하곤 했어. 그도 나름대로의 고통과 시련 뒤에 얻은 성공일 텐데 어쩌자고 나의 실패와 저울질했을까. 내가 얼마나 나약한 사람인지 각성하기 위해서였는지, 세상 사람들은 이렇게 열심히 사니까 나에게 충격을 주기 위해서였는지 여전히 알 수 없어.

그래서 시도해봤어. 실패도 있었고 작은 성공도 있었고. 실패하든 성공하든 고통스러운 건 마찬가지더라. 일궜던 일이 실패해서 안쓰러움에 속이 타들어 갔고, 온 힘을 다해 반성하고 토하는 과정이 아주 매서웠지. 성공하는 게 좋으니까, 어떤 과정이든 고통스러울 거라면 성공하는 게 좋다, 그런 결론을 내렸어.

성공과 고통의 관계를 깨달은 이후로 너에게도 타인에게도 더 이상 초라하지 않은 내가 되리라 생각했어. 그러나 세상도 삶도 극적으로 변하지 않더라. 그 뒤로도 누군가의 성공에 초라해지는 나를 발견했거든. 아주 작은 변화라면, 저 사람의 고통을 알지 못한 채 나를 제일 안쓰러워해서 어리석게 초라해지는 거다, 실은 아무도 초라하지 않다, 내가 하는 일은 마치 타인에게 인정받아야 가치 있다고 느끼는데 그게 아니다, 저 사람과 나의 길은 다르다, 보폭부터 걸음걸이까지 다르다, 그렇게 생각하면 점점 초라함에서 빠져나올 수 있었어. 실은 여전히 어려워.

사랑과 비교는 아주 다른 이야기. 누군가를 좋아해도 그의 성공에 나의 존재가 소멸되는 기분이 들어.

더 솔직한 고백. 나는 여전히 사랑하는 이들에게서, 또는 저 멀리 들려오는 타인의 소식으로부터 종종 파괴돼. 초라하지만 일어나려고 발버둥을 치면서. 나만 두고 빨리 가는 사람들을 보며 가끔은 정말 낭떠러지에 서 있는 것 같아.

하지 못한 말이 있어.
사실 많아, 내가 원한 건 그게 아니었는데.

밤이 되면 수많은 괄호가 모였고, 나는 괄호의 무덤에
파묻혀 새벽을 흘려보냈다.

나의 존재가 괄호가 되는 기분이다.
나의 기분과 취향, 그날의 상태가 생략된 채
남을 마주하고 점점 내가 아닌 내가 되고 있다.

괄호의 무덤

하고 싶은 말을 하지 못했다. 거절하고 싶을 땐 애매한 수 긍을 했고 물어보고 싶을 땐 가만히 침묵했다. 말을 꺼냄으로 써 이 대화에 균열이 생길까 걱정이 들어서였다.

대화를 통해 적립하는 관계, 거기에서 내가 추구하는 1순 위 가치는 바로 평화다. 평화를 위해 자주 거짓을 말했고 내면 의 안정을 잃었다. 거짓된 삶은 아닌데 거짓을 말하면서 이 순 간을 가짜로 산다는 찰나의 회의감에 빠져 멍해지는 것이 나 의 특기다.

거절을 해도 평화로운 관계는 분명 존재한다. 다만 나는 거절이 싸움의 시작이 될 것이라 믿었고 두려워했다. 거절한 뒤에 처참하게 무너진 관계를 경험했고 타인의 탓인지 나의 탓인지 분간할 수 없을 만큼 내면이 으스러졌기 때문이라고 여전히 생각한다. 사람의 경험은 곧 내일을 만드는 중요한 재료가 된다. 그래서 무언가를 솔직하게 말하는 것이 무섭다.

솔직하게 말하고 솔직하게 거절했을 때 감히 거절을 하느냐는 강압이 뿜어져 나오는 사람이 무섭다. 나를 삼킬 것 같은 기분이 아주 정교하게 느껴진다. 그래서 매번 평화를 떠올렸다. 나의 아픔이 너의 아픔보다 가벼워지는 게 싫고 힘겹게 꺼낸 진심이 비웃음이 되는 게 싫어. 그렇다면 아무에게도 말하지 않는 편이 나아.

내뱉지 못한 말은 괄호 속에 산다. 거절하고 싶던 진심, 수락하고 싶던 진심은 내 속에서 영원히 산다. 오직 괄호 안에서만 존재하고, 그들이 모이면 괄호의 무덤이 된다. 괄호 밖이든 속이든 내뱉지 못한 말이라면 이미 죽은 진심인지도 모르겠다.

하지 못한 말들의 모임, 바깥에 오랫동안 나가지 못해 썩은 진심, 길 잃은 단어들. 밤이 되면 괄호 속의 말을 끌어안고 쓰다듬는다. 터질 것 같은 마음으로 서늘한 말들 사이를 쏘다니다 결국 자리를 잡고 천천히 눕는다.

오늘도 하지 못한 말이 있다. 진심을 거절당하기 전에 평화롭고 착한 사람처럼 말했다. 솔직하지 못했고 비겁했다. 거절과 무시가 두려웠기 때문이다. 그게 나를 너덜너덜하게 만든다.

나의 존재가 괄호가 된다.

내가 이걸 좋아한다고 말할 수 있나.
잘한다고 말할 수 있나.

좋아한다고 말할 수 있는 건 더 열광하고, 잘하는
사람들 아닌가.

이걸 좋아해도 되는 걸까. 나는 자격이 있나.

잘하고 싶었는데

좋아하는 것을 뽐내야 하는 자리였다. 장점과 능력을 부각시켜 증명해야 했다. 얼마큼의 시도와 성공이 있었고, 작은 실패와 급격한 실패도 있었으며, 얼마큼 성장했음을 말했다. 말이 끝나자마자 질문이 들려왔다.

그래서 이것으로 뭘 하고 싶은 거예요?

내가 하고 있는 일들이 어느 거대한 목표가 될 자질이 있느냐는 질문이었다. 매번 당일의 성취를 이루며 살아왔는데, 미래를 위한 큰 꿈이나 자랑거리가 부족한 사람으로 비칠 때면 한없이 작아지는 느낌이다. 꼭 어떤 자질이 있어야만 좋아할 수 있고 해낼 수 있는 건가? 내가 이루고 싶은 건 있으나 이들이 생각하는 거대한 미래가 아니면 어쩌지? 그래도 내가 하는 방식과 그 방식으로 태어나는 일들이 좋은데.

자아실현과 자기만족을 위해서 하는 일이고, 그것만으로 가치 있다고 생각해요.

오로지 나를 위한 대답이었다. 삶의 기반이 되는 일을 거짓으로 말하기 싫었고 그 대답으로 나의 끈질긴 마음과 가능성을 대변했다고 생각했다. 그러나 들려오는 말은 무심했다. 어딘가에서 큰일을 이뤘느냐고, 어떤 큰 사람을 아느냐고, 내가 하는 일을 주변 사람과 가족들은 아느냐고 묻는다. 마음이 서늘해진다. 좋아하는 일에도 자격이나 인정이 필요하구나, 사랑이나 시도 따윈 필요 없고 성공의 증거만을 내밀어야 하는구나, 여기서는. 타인이 설정한 나의 부끄러움에 무어라 대답할까 고민하며 자리를 지켰다. 그 뒤론 의지를 숨긴 채 답했다. 어깨 위로 허무함이 내려앉았다.

집으로 가는 버스 안, 빈자리에 파고들어 몸을 웅크렸다.

콧속이 시끄럽더니 이내 턱 끝으로 눈물이 떨어진다. 동시에 자격을 의심한다. 이걸 좋아해도 되나. 다른 이 앞에서 좋아하는 것이라고 말해도 되나. 그럴 자격이 있나. 많이 알지도 못하는데 괜한 자존심으로 여기까지 온 게 아닐까. 좋아하지도 잘하지도 않는데 파악을 못한 게 아닌가. 무언가를 하는 내 모습을 좋아한 거라면. 버스 안에 의심이 울려 퍼졌다.

더운 기운이 창틈을 비집고 들어온다. 나보다 더 열광하며 좋아하는 이들만이 그 일을 좋아한다고 말할 수 있는 건가. 내가 모르는 새 세상은 나 같은 사람을 자연스럽게 외면하고 퇴장시키는 건가. 머리카락 사이로 바람이 얇게 통과하는 동안 눈물이 멈추지 않아 창밖의 형상들이 맑게 번져 희미한 덩어리로 보였다. 눈덩이를 꾹 눌렀다.

좋아하는 마음만으로 갈 수 있는 곳이 있다면.

누군가의 한 마디에 나의 세상이 붕괴되었다.

나는 울면서 잔해를 모았고, 내가 해온 것들을
의심하며 주저앉았다.

참 웃기지. 사람을 경멸하다가도 사람이 보고 싶었다.
사람에게 안겨 위로를 받고 싶었다.

참 웃기지

나의 세상은 누군가의 한마디로 무너질 수 있구나. 야속하다고 생각했어. 시간과 노력을 압축한 결과가 타인에겐 그저 종이 한 장으로 보이는구나. 당신은 지금 나를 숨김없이 무시하고, 슬프게도 나는 적나라한 평가를 온몸으로 견디고 있구나. 비웃지 않는다고 생각하지만 당신은 비웃고 있어. 의도를 알 수 없는 무례한 질문을 거침없이 내뱉고는 대답을 기다리는 표정을 봐. 당신은 나를 아주 뭉개고 있어.

혼자가 되었을 때, 타인 앞에서 벗겨졌던 나의 결과들을 주섬주섬 모아 손에 꼭 쥐고 걸었지. 찰나였지만, 아주 하찮게 보였어. 인정받지 못한 것은 아무리 내 마음에 들어도 '좋은 것'이 아니라는 생각이 들어서. 결과를 인정받는 것이 내가 인정받는 것이라고 생각했으니까.

동일시해서 슬픈 마음이 있어. 내가 쓰고 내가 그린 것은 나였으므로 세상이 쓰러진 건 곧 내가 쓰러진 것과 같았거든. 상처받는 방식을 깨달으며 정류장을 응시하며 걷는데 사람들의 발소리, 말소리, 간헐적인 눈 마주침을 겪고 이내 눈을 감았어. 모든 소음이 자극이 된다. 몸과 마음이 허물어지니 세상의 모든 것이 나를 외곽으로 떠미는 것 같아서. 길가에 우두커니 박혀 조각난 마음, 지키지 못한 나, 타인의 입, 말 한마디에 으스러진 나의 경계를 생각했어.

사람이 싫다. 아주 치열하게 싫다. 비웃듯이 말할 때 살짝 올라가는 입꼬리. 얇아진 눈과 올라가는 미간 그리고 순간적으로 주름이 잡히는 이마가.

그것을 견디고도 사람에게 위로받고 싶어. 비웃은 이들은 나를 비참하게 만들고 나 자꾸만 웅크리게 되던 그런 날에, 웃기지만 사람에게 안기고 싶어. 사람이 고파. 자세하게 원해. 손을 잡고 말없이 엄지손가락으로 손등을 천천히 쓰다듬어주면 좋겠어. 이내 어깨를 당겨 품에 푹, 하고 담아주면 좋겠어. 내가 해 온 것을 의심하면서, 상처 준 사람들의 눈빛을 되새김질하면서 주저앉으니까 정말 처량하다고 말하고 싶어. 쓸쓸하고. 누구라도 보고 싶고. 아무런 위로라도 구걸하고 싶고.

어쩜 사람을 그렇게 경멸하면서 사람을 보고 싶어 하나.

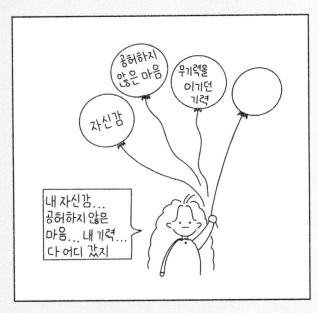

나는 어딨지

두 손 가득히 풍선을 쥐던 시절이 있었다. 몸도 마음도 건강해서 뭐든지 해낼 수 있다는 자신감과 주변의 격려로 풍족하던 때가. 지금은 한 손에 서너 개의 풍선을 쥐고 어제를 통과해 오늘을 견디고 있다. 위태롭다. 손에 쥔 것들이 꿈틀대며 떠나갈 준비를 한다.

먼저 떠난 것은 자신감이다. 자신이 없는 것은 익숙했으므로 이번에도 덤덤하게 넘기리라 믿었다. 그러나 도전하던 마음이 전부 도망쳤다. 덩그러니 남아 납작해진 마음 살려보겠다고 풍선에 바람을 넣듯 마음에 숨을 불어넣었다. 허무의 소리가 난다. 구멍이 난 듯 쓸쓸함이 샌다. 실패의 연속. '나라면 그러지 않을 텐데'라고 생각했는데 기어코 내가 그런 걸 하는 사람이 됐다.

그 뒤로 공허하지 않던 마음을 모조리 잃었다. 덜 공허해지기 위해 나를 다독였으나 회복이 더뎠다. 힘을 전부 게워낸 기분이었다. 납작한 마음은 부풀 수 없나 봐. 평범해서 소중한 마음이 경로를 잃고 찾을 수 없는 곳에서 울고 있지 않을까. 마음의 끼니를 거르고 당장의 작은 소망을 미뤘다. 쫄쫄 굶은 마음은 수척하고 볼품없다. 입을 벌려 말할 때마다 죽은 소망의 냄새가 풍겼다.

무기력을 이기던 기력도 사라지고, 눈만 껌뻑이며 하루를 기어 다니는 사람이 되었다. 나 슬프다고, 슬픈 줄도 몰라서 몇 배로 슬프다며 세 개의 풍선을 잃고 마지막 풍선을 끝까지 붙들고 있었는데 힘이 점점 빠지더니 풍선은 하늘 위로, 내가 모르는 곳으로 이륙했다. 작아지는 풍선의 등 뒤로 글자가 하나 떠오른다. '나'다. 내가 적혀있다.

나를 지킬 힘이 없어서 나마저 놓쳤다. 자신감이고 마음이고 기력이고 어디 갔니 어디로 갔니 외치다가 아무것도 붙잡지 못했다.

　결국 마지막까지 남은 것은 나 자신이었고 모든 마음을 잃어도 나는 내가 될 수 있었는데 여전히 그 방법을 모르겠고 알더라도 이전의 내가 그리워서 밤마다 울면 누가 내 얼굴을 닦아주나. 나는 어디로 갔나. 끈질긴 절망과 풍족해진 슬픔. 그렇게 나는 나를 잃었다.

물기 없는 눈을 뭉치듯이 우리는 흩어졌고
촉촉했던 마음은 빠르게 말라갔지.
누구의 잘못이라 말할 수도 없을 만큼.

눈 싸움도 눈에 물가가 서려야 할수 있어.
우리는 같이 있지만 뭉쳐지지 않는 마음으로
외로운 발자국을 남기고 있어.

너와 나의 물기는 다 어디로 갔을까.

눈처럼 외로운

눈사람이든 눈싸움이든 눈에 물기가 어려야 할 수 있다. 그래야 뭉쳐지니까.

막 내린 눈은 포슬포슬하다. 아무리 꾹꾹 눌러 담아도 금세 흐트러진다. 눈덩이를 뭉치다가 손에 남은 눈가루를 모조리 털어냈다. 아무래도 오늘은 건조한 눈이 쌓이나 보다. 눈사람은 내일 만들어야겠다, 하고 집으로 발걸음을 돌렸다.

물기 없는 눈처럼 흩어지던 누군가와 나를 생각한다. 우리는 같이 걸었으나 같이 걷지 않았다. 함께이자 각자였다. 어떻게든 우리의 마음을 뭉쳐보려 해도 연속적으로 실패했으며 어느 날이 되자 건조한 눈가루처럼 둘은 자연스럽게 흩어졌다. 아무래도 너와 나는 촉촉한 마음이 될 수 없다. 그렇게 결론짓고 마음을 들여다보니 이미 딱지가 앉은 후였다.

분명 우리는 눈이 소복하게 쌓인 길을 걷고 있었는데. 눈사람을 만들고 눈덩이를 던지고 다 큰 어른들이 아이처럼 행복하게 노는 것이 얼마나 지속될까, 그래도 설레지 않니, 라며 마음을 주고받던 때가 있었는데. 어쩌면 우리의 오늘은 예정된 날이었는지도 몰라. 조금씩 건조해지는 마음을 외면하다가 결국 눈덩이처럼 불어난 뒤에야 감당하는 게 너무나 우리의 방식이어서 웃기고 슬프다. 싸우고 싶어도 싸울 수도 없을 만큼 뻣뻣하게 마른 마음이 뾰족하게 나를 찔러. 눈싸움도 눈이 뭉쳐질 만큼 물기가 있어야 할 수 있더라. 싸움도 서로를 사랑하는 진득한 마음이 있어야 가능한 거였어.

이게 무슨 소용인가. 앞질러 가는 너의 뒤에서 생각했어. 촉촉하고 좋았던 시절은 말라가고 우리는 말이 없고 걷는 속도가 다르고 너는 내가 궁금하지 않고 그걸 가감 없이 티를 내고 나도 너를 궁금해하지 않으려다가 애매하게 실패해서 더 궁금해지고 너는 그걸 모르고. 가까운 거리도 순식간에 멀어질 수 있구나. 너와 나의 발자국이 외로워질 때 남아있던 마음도 소멸된 걸 알았지.

닿을 수 없는 말이 명치 부근에서 잔잔하게 끓는다. 듣는 이가 없는데 할 말이 남았을 땐 어떡해야 하지. 아무도 알려주지 않아서 외롭게 두 손만 쓱쓱 비볐다. 손과 발에 붙은 눈을 탁탁 털어내며 지난날에 너를 두고 홀로 걸었다.

숨을 크게 쉬어도 답답한 가슴처럼 숨이 다 쉬어지지 않는 관계가 있지.

아무렴 상관 없다는 너의 표정, 눈빛, 공허하게 흘러가는 우리의 시간.

이렇게 숨이 막히는데, 이게 맞는 걸까. 이 관계의 끝은 어디지?

숨을 쉬는데 숨이 부족해서 각자의 시간 속에서 헤매고 있어.

숨이 부족한 관계

공허 속을 헤엄친다. 어떤 이와 숨 막히는 하루를 보냈는데, 그것을 두고 '함께 시간을 보냈다'라고 말해도 되는지 모르겠다. 무엇을 물어봐야 할지, 무엇을 대답해야 할지 헤매는 시간. 내가 원하는 것이 너에게 없고 네가 원하는 것이 나에게 없어 숨소리보다 시계 소리가 더 큰. 오래 본 얼굴들. 마치 처음 본 사람처럼 낯을 가리며 때로는 처음 만난 사이보다 어색하고 조심스럽게 시간을 흘려보낸다.

어떤 날은 날씨가 좋아서 누구와의 관계도 맑을 것 같은 기분에 휩싸인다. 아침에 일어나자마자 이불을 정리하며 생각한다. 오늘은 잘될 것 같아. 숨을 쉬듯 자연스럽게 듣고 말하는 관계가 이루어질 것 같아. 적절한 말하기와 적절한 듣기. 우리에게 필요한 건 그게 아닐까. 하고 싶은 말과 묻고 싶은 것을 머릿속으로 정리한다. 오늘은 어제보다 유쾌한 사이가 되어야지. 홀로 다짐하면서.

그러나 너는 모든 것에 무심한 표정이다. 꿈과 미래를 이야기하던 시절은 사라졌다는 듯, 그런 적은 없다는 듯 덤덤하게 앉아있다. 내 계획엔 없던 일인데. 당황한 속을 달래며 준비한 말과 마음을 내뱉기 시작했다. 우리 사이에 숨을 불어넣고 시간을 살려보자. 네가 흥미롭게 대답할 만한 이야기를 끄집어낸다. 분명 우린 마주하고 있는데 아무렴 상관없다는 표정과 탁한 눈동자가 나를 조준하면 이야기는 동이 나고 한 사람이라도 말을 시작해야 다른 이가 따라가며 관계가 비틀비틀 지속되는데 아무도 말하지 않고 다 식은 컵만 쓰다듬으며 너는 지루하고 나는 절망한다.

심장이 더 커질 수 없도록 좁은 방에 가두고 펌프질을 하

o

는 것 같다. 정해진 크기만큼만 뛰는 마음. 정해진 양의 숨. 너의 표정이 나의 숨을 움켜쥐고 있어. 그렇게 말하고 싶었다. 너도 모르게 너의 눈과 입과 미간의 움직임이 나의 하루를 결정해. 나도 너에게 그런 사람일까. 아무도 그것에 대해 말하지 않았어.

우리는 서로의 마음에 무엇을 겨누고 있는 건가. 숨 막히는 이 시간을 펑 터뜨리는 해법일 수도 있는데. 그리하여 마음을 옥죄는 방이 서서히 열릴 수도 있는데. 진심이 쏟아질 수도 있는데.

그것은 숨이 될 수 있는데.

언제나 사과가 듣고 싶었는데
막상 미안하다는 말을 들으면 기분이 무너진다.

듣자마자 알았지, 내가 바란 건 이게 아니라고.

절박한 설명, 꾹꾹 접어둔 진심, 내 손을 잡는
따스한 손길. 그걸 느끼고 싶었던 거지.

더이상 나를 버려두고 가지 않겠다는 다짐.
사과를 듣는 게 아니라 사과를 느끼고 싶었던 거지.

사과를 들으면

언제나 사과를 받고 싶다고 생각했다. 당신은 내게 미안하다고 말해야 한다고. 밥을 먹다가도 청소를 하다가도 양치를 하고 입을 헹구면서도 내내.

사과 없던 시절에 연속적으로 초라해지던 마음과 홀로 남겨진 두려움, 모멸감 한 꼬집, 서운함 한 줌은 불쾌한 덩어리가 되었고, 그걸 녹이는 건 사과 한마디라고 생각했다. 그거 하나면 모든 것이 나아질 거라고. 입장을 헤아려주는 마음 같은 것.

그만해. 그래, 미안해.

내게 닿은 사과는 다만 상황에서 벗어나기 위한 말이었다. '나의 잘못은 모르겠으나 네가 원하므로 미안하다고 할게. 이건 이제 그만하고. 우리 괜찮은 거지?'라는 말의 축약. 상처받은 이가 상황을 끌고 왔으니 사과를 받지 않으면 입속의 모래알 같은 껄끄러움이 끝없으리란 분위기. 내내 상상하던 사과가 비교적 가벼울 때, 쓰라린 허탈감은 홀로 감당해야 하나.

원하는 걸 손에 쥐면 왜 허무할까. 막상 사과를 들으니 기분이 무너질 수 있다는 걸 왜 아무도 말해주지 않았나. 그토록 바랐는데 마음은 왜 가벼워지지 않고 도리어 묵직하게 가라앉는 건지 혼란스러웠다. 사과를 받자마자 알았다. 내가 원하던 것은 이게 아니었음을. 사과를 들고 싶었던 게 아닌가? 사과의 방식에 취향이 있나. 그럼 내가 원한 건 대체 무엇이지?

원한 것은 당신의 마음이 편해지기 위해 내던진 한마디가 아닌 따뜻한 손길 한 번, 영원은 없지만 그럼에도 듣고 싶은 영원의 말, 눈빛에 찰랑이는 마음이었는데. 왜 그랬는지, 무엇 때문이었는지, 밤새 설명해도 좋으니 알고 싶었다. 초라한 내게 사과 한 번 던지고 지난 시절을 단숨에 만회하려는 태도를 보고 싶던 게 아니라고. 필요한 건 사과를 듣는 게 아니라 사과를 느끼는 것이었다.

내가 간절히 바라는 만큼 어딘가에서 나의 사과를 기다리는 사람을 상상한다. 분명 있을 것인데 당신이 모르는 것처럼 나도 모르지 않나, 생각한다. 어쩌면 나의 모든 것을 이해받고 싶어서 타인을 저 끝까지 이해하려는 게 아닐까. 불가능을 원하면서.

치약 맛이 써서 입을 여러 번 헹궜다.

2

나를
찾는 마음

지금 나는 내가 살아 본 날들 중에 가장 어리고
내가 살아본 날들 중에 가장 늙었다.

그러니 내가 때로는 아이 같고 때로는 어른스러운 것이
너무나 당연하다는 생각이 들었다.

결국 나는 오늘을 사는 인간이므로,
언제나 어리고 늙은 나와 사는 것이다.

당연한 이야기

어린 나를 붙잡고 세상은 만만하지 않다고 울부짖다가 금세 어른이 된 나를 보며 지금껏 걸어온 시절을 가늠했다. 이러나저러나 모순적인 인간이었고 정확히 말하자면 너무나 당연한 인간이었다. 나는 살아온 날들 중에 가장 어리고 가장 늙었으므로. 우리는 우리로서 처음이자 마지막으로 지금을 살기 때문에.

이 나이까지 살 줄 몰랐다고 자주 말한다. 존재도 계획도 없었는데 시간을 타고 흘러오니 어느새 도달하게 되어서 신기하고 섭섭한 마음이라고. 무엇을 했다고 이렇게 되었나. 인생은 나를 태우고 이리저리 흘러간다는 것을 알지만 여기까지 흘러들어 올 계획은 없었단 말이다.

내 나이가 생경하다. 새해가 시작될 때마다 또 한 명의 나를 만나 어쩔 수 없이 키워야 하는 책임감에 휩싸인다. 그렇다면 언제나 어리고 늙은 나와 사는 게 아닌가. 어제보다 늙고 내일보다 젊은 나와 이 험난한 여정을 평생. 떼어낼 수 없는 압력으로.

분명 어제는 어렸다. 수없이 칭얼거리고 매달렸다. 그런 내가 오늘이 되자 어른의 세계에서 어른의 말을 한다. 세금 이야기를 하고 은행에 들러 미룬 일을 처리하고 샷을 추가한 소이라떼를 사들고 돌아왔다. 아이 같던 사람이 다음 날에는 어른이 되어있기도 한, 그 반복을 체감하고 있다.

일관되지 않은 사람이라 괴로울 때면 여러 명의 나와 산다는 것을 떠올린다. 화내는 나, 어리광 부리는 나, 덤덤한 나, 울먹이는 나, 그리하여 어른보다 아이 같고 아이보다 어른 같은 나. 꽤 많은 자아를 탑재하고 사는 건 쉬운 일이 아니므로 살아내는 것만으로도 인생을 잘 보내는 것이라 생각하기로 한다. 물론 스스로와의 약속이다. 그러나 자신과의 약속을 얼마나 지키느냐에 따라, 삶은 더 확장되는 것이 아니겠나.

가장 어리고 가장 늙은 나와 사는 것. 이것은 내게 당연한 이야기로 남았다. 이내 당연한 인간이 되었다는 사실에 깊은 안정을 느끼면서 중얼거려본다.

나는 수많은 나를 데리고 산다.

그토록 기다리던 로즈마리가 고개를 내밀었다.
2주가 넘도록 소식이 없어, 다른 씨앗을 심으려던
바로 그날.

때때로, 포기하려는 순간 기회가 찾아온다.
그건 그저 기회가 찾아오는 과정이었고

안녕,
나 기다렸지?

응, 정말 반갑다.

난 네게 애정을
쏟을 테니, 넌 내게
길고 긴 초록이 되어줘.

내가 가진 '기다림 체력'은 로즈마리가 탄생하려는
시간에 비해 빠르게 연소되었을 뿐,
그 누구의 잘못이 아니었다.

로즈마리

로즈마리 씨앗을 심은 지 정확하게 2주 하고도 5일이 되던 날, 그러니까 이 식물을 아주 포기하려고 결심한 바로 그날, 작고 여린 싹이 살며시 고개를 내밀었다. 드디어, 속이 개운해졌어. 이파리를 보자마자 그런 생각을 했다. 곧 자라서 단단한 식물이 될 모습을 상상하니 벌써 대견스러웠는데, 순간 마음이 덜컹거렸다. 씨앗을 의심하며 지난날을 포기하려고 했던 불과 몇 분 전의 내가 부끄러웠기 때문이다.

포기는 나쁜 게 아니다. 그마저도 용기가 없어서 하지 못한 날이 많으므로 그것은 용기의 또 다른 이름이다. 예상치 못한 로즈마리의 탄생에 놀란 것은, 기다리는 체력과 탄생의 시간이 서로 맞물리지 않는다는 사실을 깨달았기 때문이다. 그 누구의 잘못이 아니다.

때때로 포기하려는 순간에 고개를 내미는 일이 있다. 마치 내가 포기하기 직전을 기다리고 있었다는 듯, 내내 숨 가쁘게 달려온 것처럼 인사하는 일들이 있다. 그럴 때마다 '우리의 시간이 조금만 비껴갔으면 영영 만나지 못했을 거야. 왜 항상 야속하기 직전에 나타나는 거야. 마음 떨리지 않게 안전한 시기에 날 찾아오면 안 돼?'라고 시끄럽게 생각했는데, 그건 그저 기회가 오는 과정이었고 기회가 달려오는 속도와 나의 '기다림 체력'이 달라서 엇갈렸다는 걸 이파리를 만나고 깨달았다.

로즈마리는 싹이 잘 나지 않기로 소문난 식물이었다. 아주 느려서, 견고한 '기다림 체력'을 가진 자만이 얻을 수 있는 행운의 아이였다. 그 사실을 알고 나니 민망하고 억울한 하루가 됐다. 화분에 물을 주고 이파리에게 미안하다고 속삭였다.

다름에서 오는 건강한 차이를 아는 사람이고 싶다. 그래야 체력의 끝을 알고 다른 방법을 찾을 수 있으므로. 그래야 누군가 울거나 화내지 않으므로. 이것은 잘못을 따지는 게임이 아니라는 사실을 매순간 현명하게 기억하는 사람이고 싶다.

나와 로즈마리는 서로를 위해 노력해야 한다. 나는 그를 위해 물과 햇빛을 줘야 하고 그는 길고 긴 초록이 되어 건강하게 자라면 된다. 서로의 '기다림 체력'을 인정하며 할 수 있는 것을 하면 된다.

이토록 건강하고 담백한 행복을 지킬 수 있도록 나의 체력이 조금씩 성장하기를 바란다. 동시에 포기를 자책하지 않으면서.

나라면

　타인의 선택에 의문이 들 때 종종 '나라면…'하고 상상한다. 왜 그랬을까? 나라면 다른 선택을 했을 텐데. 그쪽이 더 낫지 않나? 무슨 마음으로 그런 선택을 한 걸까? 무엇을 기준으로 선택을 한 걸까?

　이해와 판단은 다르다. 나는 판단을 했다. 이해하는 것처럼 보이는데 사실은 제멋대로 판단을 내렸다. 나라면 안 그랬을 거야. 더 좋은 선택을 위해 힘차게 달렸을 거야. 그런 생각을 하면서 타인의 선택과 나의 선택을 비교했다. 상대의 결정을 순식간에 약하게 만든 것이다. 내가 뭐라고 당신의 결정에

토를 다는가. 거기까지 생각이 닿자 혼자였는데도 창피한 마음에 고개를 숙이고 책상에 얼굴을 파묻었다.

사람은 종종 다른 사람과의 관계에서 본인이 우월하길 바란다. 분명 나도 그랬을 것이다. 내가 더 좋은 것을 쟁취할 수 있고, 능숙하게 할 수 있고, 멋있게 입장할 수 있을 거라는 근거 없는 상상. 그리하여 누군가보다 조금 더 나은 사람일 거라는 실체 없는 결론. 그렇게 쌓인 거짓된 자신감은 우월감에 취하면 알아채기 어렵다. 그것을 밟고 올라가는 사람을 생각한다. 투명한 계단에 발을 내딛는 사람을. 이내 추락하는 모습을. 순간 아찔한 마음에 귀 옆의 근육이 움찔거렸다. 생각이 사람을 잡아먹을 수도 있겠다. 비교하지 않으면 살아남을 수 없는 머릿속 문법에 터덜터덜 끌려다니는 사람을 생각한다. 그렇게 되고 싶지 않다.

그는 왜 나와 다른 선택을 했을까.

내가 아니니까. 나였으면 그랬겠지. 그러나 그는 나와 다르고 내가 아니므로 다른 결정을 한 거다. 그런 거다.

나의 기준은 내게만 적용된다. 그러니까 내 기준을 타인에게 들이대면 그것은 기준이 아니라 참견과 강요가 된다.

　　나는 당신이 그런 선택을 한 것에 그저 고개를 끄덕일 뿐. 그렇구나, 하고 대답하려 한다. 책상에 고개를 한참 붙이고 있었더니 한기가 목까지 올라와서 천천히 고개를 들었다. 숨을 한 번 뱉고, 타인을 생각하는 것을 그만두었다. 그리고 말했다.

　　그는 내가 아니니까.

'마음은 눈에 보이지 않는다'고 생각했는데
꼭 그런 것만은 아닌가 봐.

바쁜 나날을 보내다, 얼굴을 잊어버리겠다며
국과 반찬의 위치와 조리법을 순서대로 적어 둔
가족의 쪽지를 발견했고

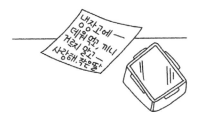

마음이 물건 속에 깃들어 윤곽이 드러날 때
그것에 멍하니 사로잡혔지. 어림잡은 양이 아닌
생생하고 낯선 진짜 마음이 눈앞에 나타나서.

눈에 보이는 마음

마음은 눈에 보이지 않아. 언제나 그렇게 생각했다. 하지만 세상엔 나의 생각과 다른 것이 있다는 걸 놓쳤고, 이번에도 나는 깨닫는 쪽이 됐다. 그래, 마음은 눈에 보이기도 해.

어린 시절엔 학교에 갔다 돌아오면 가족들이 남긴 쪽지를 보며 반찬을 꺼내 먹고 데워 먹으며 가족의 사랑을 흡수한 채로 자랐는데, 세월이 지나 어른이라고 불리는 자리에 서서 사람과 말하고 싸우고 거짓에 넘어가다 보니 눈에 보이지 않는 마음이나 사랑 같은 것을 온전히 믿지 않는 내가 되었다. 사람을 겪고 나를 겪은 뒤로 진짜는 없다고 생각했다. 타인을 향한 순수하고 성실한 마음은 너무나 귀하다고.

밋밋한 마음으로 살던 어느 날, 오랜만에 가족들이 남긴 쪽지를 발견했다. 식탁 앞에 우두커니 서서 쪽지를 읽었다. 엄마나 아빠나 언니의 마음, 그러니까 이 집의 막내를 위한 마음을 두 눈으로 본 것이다. 어린 시절의 나와 지금의 나를 대하는 가족의 마음은 변함이 없고 다만 내가 변해서 보지 못하는 마음이 있었음을. 마음의 모양이 쪽지로, 반찬으로, 밥으로 나타나서 마음이 풀어지듯 웃을 수밖에 없었다. 그래, 마음은 눈에 보이곤 하지. 반찬을 꺼내고 국을 데우며 어떤 맛의 사랑일까 생각했다. 전자레인지 안에서 국그릇이 일정한 속도로 원을 그리며 돌아가고 햇살이 넘어가는 나른한 오후, 나는 식탁 옆에 서서 손가락을 꼼지락거렸다.

누군가의 마음이 여실히 드러나면 멍하니 사로잡히고 만다. 마음은 말하거나 보여주지 않으면 알 수 없어서 다가가기도 내뱉기도 어려운데, 물질로 존재하기 시작하면 생생하고 낯선 그러나 따스한 무언가를 실제로 목격하는 느낌에 그것을 덥석 믿게 된다.

그래서 우리는 마음을 표현할 때 진심 어린 말과 함께 시각적으로 존재하는 것을 선물하는 걸까. 이왕이면 손에 잡히는 것으로. 물건에 마음이 깃든다고 생각하면서. 순식간에 사랑에 휩싸이는 것은 마음의 크기, 생김새, 무게, 농도가 눈에 보이기 때문일까. 그 사람 모르게 판단하거나 가늠하거나 어림잡은 양이 아닌 명확하고 확신이 넘치는 마음이 드러나기 때문일까.

밥을 꼭꼭 씹어 삼키고 쪽지를 서랍에 고이 넣어두었다.

잘할 거야,라는 말을 깊이 이해할 수 없었다.
뭘 잘할 거라는 말인가 싶어서. 잘하려면 어떻게
해야 하나 싶어서.

그래서 나는 나의 두려움을 공략했고, 나는 시작을
두려워 하니까 '잘할 거야'가 아닌 '잘 '시작'할 거
야'라고 스스로에게 말했다.

구체적이고 세밀해서 두려움에 정확히 맞서는 말,
힘을 주는 말을 곁에 두기로 한다.

나의 작은따옴표

잘할 거라는 말을 듣자마자 혼란스러웠다. 분명 좋은 말인데 소화할 수 없었다. 말의 힘을 한 톨도 느낄 수 없어서 슬펐고 나를 온전히 위로해 줄 수 있는 말은 세상 어디에도 없다는 생각에 좌절했다.

이 말은, 뭘 잘할 거라는 건지 어떻게 해야 잘하는 건지 알려주지 않는다. 뜻을 소화하지 못한 이유는 말이 가진 경미한 무책임성과 사라진 목적 때문이었다. 그래서 나는 '~을 하고 싶어.'라고 말하며 목적을 찾기 시작했다.

내가 가장 두려워하는 것은 무엇일까. 좌절인가, 눈물인가, 실종인가. 머릿속을 헤집고 나서야 찾은 것은 '시작'이었다. 시작은 언제나 두렵고 거대하다. 섣불리 시작했다가 결과가 처참하거나 시작도 못 해서 후회하는 일에 거센 압박으로 삶이 뭉개진 적이 있어서다. 마음이 어렵고 먹먹했던 이유다.

그렇게 두려움이 피어난 계기를 연속적으로 발굴했다. 웃음거리가 되었던 적, 능력 없는 사람이 되었던 적, 시작은 했으나 시작하지 않은 것처럼 아무 결과도 획득하지 못했던 적, 그것들이 한데 모여 사포처럼 마음을 긁어서 존재의 모서리가 마모되었다. 마찰로 인해 둥그렇게 깎인 나는 정지 없이 굴러간다. 깨지는 것 말고는 멈출 방법이 없다. 가끔은 추락하고 올라오지 않는다. 고유한 모서리가 닳아서 태초의 모양을 알 수 없다. 이를테면 순수했던 다짐이나 결심, 작지만 반짝이던 신념을. 그러나 나는 언제든 시작하는 경쾌한 사람이고 싶어. 상처의 잔여가 희미해질 정도로 앞으로 나가고 싶어. 그것이 결론이었다.

이유를 찾았으니 적용해야지. 그렇게 '잘할 거야'를 '잘 시작할 거야'라고 변형했다. 스스로에게 가장 효과적인 방식을 통해 말을 소화해야겠다고 다짐하면서. 어떤 일 앞에서 한없이 작아질 때 외친다. 나는 잘 시작할 거야.

'잘할 거야'라는 말이 재료라면 '잘 시작할 거야'는 가공된 완성품이다. 나의 작은따옴표 속에 어떤 목적을 넣을 것인지 생각해 보자. '시작'을 할 건지, '유지'를 할 건지, '변신'을 할 건지, '달리기'를 할 건지 말이다. 그 속에 두려움과 두려움을 물리칠 진한 소망을 넣고 입 밖으로 꺼내자. 세상에 하나뿐인 수제로, 주문 제작된 나만을 위한 위로를 만들자.

길도 없고 답도 없어서
모든 곳이 길이 되고 모든 것이 답이 되는 기분.

아득하고 자유롭다가 순간 두려워지는 기분.
잡을 수 있는 게 아무것도 없어서 몸에 힘을 주고
걷는 것. 혼자라는 것.

혼자라는 것

나의 선택으로 하루를 만들었다. 선택과 상관없이 괴로울 때도 있었다. 나의 탓을 하기엔 마음 아프고 남 탓이라기엔 너무나 나의 선택이었으므로 고통을 웅얼댈 수밖에 없었다. 정확한 발음으로 말하기 어려웠다.

혼자서 해내야 할 땐 모든 것이 정답 같고 모든 길이 맞는 길 같다. 기대거나 물어볼 곳 없이 우두커니 서 있는 모양. 이것은 외로움과 다른 상태인데 외로움보단 서늘함이다. 언제고 어디로든 걸을 수 있지만 내 앞뒤로 아무런 발자국이 없어서 나의 발걸음만이 기준이 될 때 찾아오는 서늘함이다. 아득함과 자유로움이 번갈아 오면 이 길이 맞는지 의심한다. 길이 있지만 길을 가늠할 수 없어서 오는 막연함과 아무 곳으로든 갈 수 있다는 자유로움. 그 사이를 비집고 퐁퐁 피어나는 불안과 결여. 끝내 스스로를 의심하게 된다. 남은 것은 나와 길. 나와 길은 동일한 존재가 된다. 매서운 자유를 껴안고 벌판 같은 길 위에 서 있다.

옳고 그른 것을 따질 시간이 없어서 일단 발을 내밀었는데 디뎠으니 걸어야 하고 걷다 보니 뛰어야 하고 이번엔 왼쪽으로 갈 건지 아니면 오른쪽으로 가다가 옆길로 샐 건지, 하루에도 몇 번씩 혼란과 마주친다. 나의 선택이라고 꼭 행복한 것은 아니지. 그 길이 얼마나 구불거리고 가파른지, 그것의 문제지. 선택의 주체가 나라고 삶이 나를 주인공으로 모시지 않아. 누가 되었든 삶은 가지고 있던 고난과 역경과 행복과 자유를 타로 카드를 부채꼴로 쓸어 펼치듯 내게 선보이는 거야. 나는 뒤집어진 카드를 보며 앞면에 어떤 길이 있을까, 그저 선택할 뿐이지.

선택 뒤에는 앞만 보고 가자. 어차피 고통스럽다면 일단 가자. 정면으로 돌진하는 바람에 휘청거릴 때면 뒤를 돌아 바람을 등진 채로 뒷걸음질 치자. 그럼 어떻게든 앞으로 간다. 잡을 게 없는 사람은 몸에 힘을 주고 걷는다. 보이지 않는 갑옷처럼. 넘어지지 않도록.

나의 선택이 날 외롭게 만들 수 있다는 사실을 왜 아무도 알려주지 않았을까. 그건 내 잘못이 아니라 그 길이 매정해서 고단하다는 사실을 왜 아무도.

혼자가 좋다가도 혼자라서 싫을 때가 있다.

남에게 나의 처지를 들키고 싶지 않아서 열심히 산다. 창피하고 싶지 않아서 미룬 일들을 한다.

그러다 보면 자신감과 용기가 생겨서 쭉쭉 나아간다. 웃기지, 허름해 보이기 싫어서 갑자기 용감해지는 게.

원동력의 출처가 웃기지만, 난 가끔 그렇게 산다. 그것이 나를 조급하게 만들고, 움직이게 하고, 살게 한다.

원동력의 출처

남에게 처지를 들키고 싶지 않은 마음, 그게 날 움직이게
한다. 이 또한 원동력이 될 수 있다.

안부를 묻거나 자신의 안부를 알리는 사람을 만나면 먼저
나의 처지를 생각한다. 나의 요즘을 얼마나 공개할 것인가. 우
습지 않을 정도로 말하자. 그 마음은 아무것도 이루지 못한 현
실과 섞여 혼란이 된다. 잘 지내느냐는 물음에 적절한 대답을
할 수 없는 삶을 살고 있어. 그냥 살아, 라고 하기엔 내가 너무
초라해 보이니까.

뭐라도 하자. 창피하기 싫어. 그는 나에 대해 깊이 생각하

지 않겠지만 그래도 허름해 보이고 싶지 않아. 이런 생각이 들 때마다 눈앞에 닥친 일들 중에 아무거나 붙잡고 무작정 시작한다. 공부든 일이든 시험이든 운동이든 하려고 했으나 하지 않았던 일을 한다. 누군가 가까이 와서 세세한 안부를 묻기 전에 대청소를 하듯 처지를 벅벅 닦는다.

남에게 창피한 모습을 보이기 싫어서 할 일을 해치운다는 게 이상하고 웃기지. 누군가 나를 지켜본다는 생각을 하면 뭐든 하게 된다. 처음엔 이 과정이 옳은가, 생각했는데 그 과정을 거쳐 성장을 획득한 뒤로 이 또한 원동력의 출처가 된다는 사실을 인정했다. 타인의 입맛에 어울리는 사람이 되는 게 아닌가 걱정도 했다. 그러나 내 힘으로 이뤄낸 일은 곧 나의 성취로 돌아온다. 저 멀리서 안부를 묻기 위해 걸어오는 타인을 발견한 것은, 이내 원동력의 탄생이었음을 깨달았다. 할 수 있는데 하지 않아 잠재력을 묵혀 둔 걸 생각하면, 누군가의 방문이 아니어도 나는 대부분의 것을 해낼 수 있는 사람이 아닐까 생각한다.

하다 보니 쉬워서 이제껏 망설인 시간들이 아까웠다. 시작은 타인의 눈빛과 평가였으나 점점 나의 능력을 높이는 일이 되었다. 다행스럽고 행복한 결과다.

가끔은 그런 힘으로 나를 움직이고, 먹이고, 살린다. 원동력의 출처를 신경 쓰기보다 그 힘을 잘 이용하고자 한다. 어떻게든 살아야 하므로 내게 좋은 영향을 주는 방식으로 순간을 짜내서 복용하고 싶다.

공허하고 너덜너덜한 시간을 보내다가 하루하루 나의 일을 찾아 몸과 마음을 움직이니 미뤄둔 일보다 해낸 일의 농도가 짙어졌다. 타인에게 흔들리지 않고 나의 성취를 캐내는 일. 누군가에게 말할 거리가 없어서 시작한 일들이 어느새 내게 중요한 일이 되었을 때, 나는 내가 웃기고 대견했다. 어떻게든 살아남는 모양이.

타인과 나를 비교하면 차이가 보이는데,
이 차이가 마치 나의 단점처럼 느껴진다.

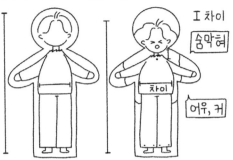

나를 그 사람의 모양에 욱여넣고, 비거나 넘치는
부분을 지속적으로 부정하기 때문이다.

결국 비교는
나의 특징을 또렷한 단점으로 만드는 일이었다.

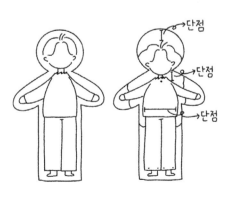

비교

비교하지 않는 삶. 말이 쉽지. 눈에 보이는 건 하나같이 잘 난 사람들의 연속. 그들의 독주. 나는 그 사이에서 크지도 작지도 않은 사람이었으므로 어느 곳에도 속하지 못하고 남과 나를 비교할 뿐이었다.

다른 사람의 성취를 기준으로 나를 평가했다. 어떠한 기준에 맞춰 들어가는 것이 편했기 때문이다. 나를 설명할 언어도 전부 그곳에 있는 것 같았다. 주도적으로 말하는 것이 아닌 남의 기준이나 결과에 기대어 나를 설명했다. 스스로를 자주 의심했기 때문일까. 타인의 성취는 공식적인 성취 같았고 나의 성취는 약하고 불안정해 보였다.

나는 나를 못 믿은 거지. 타인을 감싼 테두리를 그대로 가져와 그 속에 들어갔다. 저 사람은 저런 방식으로 사네, 저렇게 살면 어느 정도는 성공할 수 있겠다, 라고 생각하며 타인의 모양에 나를 욱여넣었다. 성공한 무리에 섞여 소속감을 느끼고 싶었다. 비슷한 길을 가는 것이 평화롭고 안전하다 여긴 것도 불안정한 내가 시도할 수 있는 일종의 보장된 성취라고 생각해서였다. 나는 나 대신 타인을 택했다.

당연하게도 타인과 나는 모양이 달랐고 타인의 틀은 높거나 좁았고, 때로는 턱 끝까지 나를 밀어붙였다. 부족하거나 넘치는 부분을 나의 단점으로 여기며 지속적으로 나를 부정했다. 어쩌면 그건 나만의 특징이었을지도 모르는데, 나라는 재료로 유사한 타인을 빚어내는 데 열을 올렸다. 타인의 모양대로 깎아서 만든 나는 나로서의 기능을 잃고 본질을 표현할 수 없는 몸이 됐으며 이윽고 스스로를 잃었다.

비교 대상은 '타인과 나'가 아닌 '나와 나'여야 했다. 건강한 의미의 비교는 과거의 나와 현재의 나를 두고 성장하거나 부족한 지점을 찾는 것이었다. 실은 알고 있다. 그러나 나의 성공보단 타인의 성공이 더 가다듬어진 정상적인 성공 같아서 사실을 외면했다. 근본은 자기 의심이었다. 의심에서 벗어나야 했다. 그래야 알고 있는 것을 유용하게 실천할 수 있었다.

각자의 삶을 종이에 대고 그리면 모두 다른 테두리를 갖는데 그것은 각자에게만 유효하다. 비슷한 재료로 삶을 반죽할 순 있지만, 빵을 굽는 틀은 각자에게서 찾아야 한다.

다른 이의 삶과 나의 삶을 비교하는 건 나의 특징이 단점으로 보일 수밖에 없는 구조다. 알면서도 어려운 일이다. 언제고 다시 타인과 나를 비교하면 이 사실을 꼭 기억해야 해. 너는 너대로. 오른손으로 왼쪽 어깨를 두드리며 말했다.

나는 나로서 존재하면 된다. 나로 태어났기 때문이다.

그러나 행복은 반드시 온다는 확신

· · ·

이제 끝이다
더 못하겠어

실패의 현장에서 난 그게 필요해.

넌 곧 행복해질 거야.
다만 지금이 아닐 뿐,
행복으로 가는 길에
잠시 멈춘 거지.

누가 말해주면
좋겠다

나는 확신이 필요한
거지, 잘못된게
아니라.

내게 필요한 확신

어떻게 매일 성공하겠어. 실패도 하고 좌절도 하고 그러다 하찮은 성공에 기뻐하는 거지. 이 말을 실패의 현장에서 누군가 내게 들려주었다면. 한 번도 겪지 못한 좌절에 빨려 들어갈 때, 저 멀리서라도 누군가 소리쳐 주었다면. 행복은 꼭 와. 그러니 조금만 견디자. 그 말을 들었더라면.

어떤 일을 할 때마다 결과를 생각하고 어느 정도의 성공을 거두겠구나, 하고 조금씩 부푸는 마음을 유지한다. 과정의 고통도 희미해지고 오로지 결과에 대한 집착만 남는 단계다. 이번의 기대는 조금 더 과했고 그럴만한 시도라고 생각했다. 나의 경험을 의심하지 않았고 천천히 쌓아 온 내공을 온전히 퍼부었다고 생각했다. 결과를 맞이했을 땐 또 다른 깨달음과 맞닥뜨렸다. 내공도 노력도 고통도, 성공을 보장하진 않는구나. 가진 건 노력밖에 없는데, 나는 모든 것을 내걸어도 매번 성공할 수는 없구나. 그렇다면 덜 노력해야 하나. 그건 싫다. 으스러진 결과를 붙잡고 일기를 갈기듯이 써 내려갔다.

확신이 없어서 그래.

일기의 결론은 '내게 확신이 부족해서'였다. 구역질이 날 정도로 노력해도 실패할 수 있고, 그것은 이상한 게 아니고, 그럼에도 행복은 찾아온다는 확신 말이다. 세상엔 좌절과 행복의 관계를 알려주는 사람이 적어서 외롭다. 스스로 경험하는 수밖에 없나. 그럼에도 나는 말하고 싶다. 행복으로 가는 길에 우리는 잠시 멈춘 것이라고. 행복은 극적이지 않고 꽤 하찮고 가벼울 거라고. 그래서 자주 놓치는 거라고.

고백하자면, 여전히 실패가 싫다. 노력 뒤에 찾아오는 실패는 농도 짙은 좌절이 되기 때문이다. 비참해서 마음이 으깨지는 게 아프다. 좌절하지 않고 성공하는 법은 없을까. 허망한 목소리로 중얼거려보지만 그런 건 없다. 실패는 싫지, 그렇지만 행복을 놓칠 순 없어. 깨달음의 예시가 자신이 될 때 민망함과 반성에 휩싸인다.

여러 번의 실패, 그 현장에서 필요한 것은 그럼에도 행복해질 것이라는 확신이다. 하찮은 행복을 위해 이 고생을 해야 하나 싶다가도 원래 행복은 하찮은 것이니 그럼 그러자고 덤덤히 다짐한다.

실패하는 나에게도, 실패 속에 갇혀 있는 너에게도 꼭 필요한 이 확신을 자주 말하고 싶다.

시간이 해결해 준다는 말을 좋아하지 않는다.
사람과 상황을 마주하는건 시간이 아니라 나였다.
내가 노력해야 했다.

깨달음 이후로, 마치 시간이 모든 일을 해결해 주고
난 다시 정상으로 돌아갈 수 있다는 막연한 믿음을
믿지 않는다.

사실은 시간이 대단한 게 아니라, 그 시간을 견디고
깨지기를 반복한, 그리하여 살아남은 내가 대단한
것이었다.

시간은 브레이크 없는 자동차였고 나는 운전석에 앉아
어디로든 핸들을 움직여야 했으므로.

정말 시간이 해결해 준 걸까

시간이 모든 것을 해결해 줄 것이라 믿던 시절이 있었다. 어떻게든 되겠지, 라는 말도 서슴없이 뱉었다. 시간이 나를 훌륭한 사람으로 만들어 줄 것을 막연히 믿었다. 대부분의 어른은 그런 방식으로 만들어진다고 생각했기 때문이다. 그들을 보면 행복하고 안전해 보였고 나이를 먹으면 그런 상태에 도달할 수 있다고 믿었다. 모두들 그렇게 사니까. 보통의 어른처럼 나도 그럴 수 있겠지, 라는 믿음.

이제는 그 말을 믿지 않는다. 시간은 흐를 뿐, 구원이 아니다.

어느 날은 새벽 내내 작업을 했고, 두 손으로 건조한 눈을 압박하며 피로를 짓눌렀다. 시계 소리가 야속했다. 곧 누군가에게 무언가를 내놓아야 했고 온갖 체력을 끌어와 몰두했는데 결과는 엉망이라니. 시간은 계속 흐른다. 무엇이든 붙잡고 뭐든 쏟아야 한다. 상황을 헤쳐 나가야 하는 것은 나였다. 시간이 아니라 내가 고통스럽게 이겨내야 했다. 내가 노력해야 했고 내가 울어야 했다. 시간은 도와주는 법 없이 다만 흐르다가 무심하게 사라진다. 나를 외면하지도 보듬지도 않은 채로 그저 차작, 차작, 차작, 차작, 초침이 걷는 소리만 내면서. 속이 울렁거려. 자고 싶다. 힘을 줄 수 없어 느리게 눈을 감았다 뜨기를 반복했다.

어느 시점이 지나서야 시간이 해결해 준다는 말 대신 내가 해내야 한다는 말을 썼다. 그날 밤은 아무도 날 찌르지 않는데 모두가 날 찌르는 것 같았고 아침이 돼서 물 한 잔을 떠온 뒤 점심이 될 때까지 최종 작업에 돌입했고 간단히 점심을 먹고 저녁이 될 때까지 수정에 몰두했다. 저녁이 되어서는 밥을 먹었는지 기억나지 않는다. 그리곤 두 번째 새벽을 맞이했다. 결국 완성했고, 나는 해냈다. 이윽고 책상에 엎어져 지난 시간을 갚듯이 깊은 잠에 빠졌다.

완성은 성공이 아니었다. 제 할 일을 하며 흘러가는 시간 속에서 과정의 무게를 견딜 뿐이었다. 브레이크 없는 차 안에서 핸들을 붙잡고 이리저리 쏘다니며 아무도 알려 주지 않은 길로 질주하는 기분. 삶은 그런 걸까.

언젠가 과거를 돌아봤을 때 시간이 해결해 주어서가 아니라 내가 해내서 완성한 것이라고 생각하길 바란다. 여기까지 온 건 그 시간을 관통한 나의 노력 덕분이라고.

행복하고 안전해 보였던 어른은 사실 힘겨운 싸움 뒤에 얻은 여유를 풍기는 것이었나.

잠을 설칠 때마다 동화책 낭독을 듣는다.

한 치 앞도 내다볼 수 없는 불안한 삶 속에서
결말을 아는 이야기를 듣는 게 얼마나 큰 평화인지.

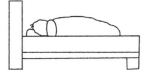

동화

초등학생일 무렵, 매일 밤 잠들기 직전에 영어로 동화 낭독을 들었다. 작은 카세트테이프 속에 여러 동화가 담겨 있었는데 하루도 빠짐없이 백설 공주와 빨간 망토를 재생했다. 재미와 포근함을 동시에 가져다준 마지막 일과였다. 매번 결말이 나오기 전에 먼저 잠들어 버렸으므로 동화가 날 재운 셈이었다. 중간에 잠들어도 괜찮았다. 그저 환상과 포근함만 즐겨도 좋았다. 이미 결말을 알고 있었으니까.

어제는 해를 보고 잠들었다. 심리적 판단은 어제였으나 실은 오늘이다. 깊이 잠을 잔 것이 언제인지 기억나지 않는다.

나는 꿈을 자주 꾸고 작은 소리에 예민하게 반응하고 새벽에 자주 깬다. 다시 잠들기를 어려워하며 습관처럼 아침마다 탁한 기운으로 일어난다. 증상이 심해질 때쯤 동화가 떠올랐다. 이리저리 검색을 하다가 한 영상을 발견했다. 외국 배우가 아이들을 위한 이야기를 실감 나게 읽어주는 게 아닌가. 보물이다. 그렇게 생각하며 어린 시절로 돌아간 듯이 영상을 재생했다. 동화를 들으며 자는 기분을 아는 사람으로서 반가웠고, 잠들기 전에 듣는 동화가 익숙했으나 이젠 익숙하지 않은 사람이 되어서 슬프고 설렜다.

동화는 늙어서도 아이가 될 수 있는 유일한 수단일지도 모른다. 당시의 평화를 느낄 수 있다는 점에서 말이다. 삶이란 오늘내일할 것 없이 매 순간이 불안하고 한 치 앞도 내다볼 수 없는 곳인데, 시작부터 결말까지 전부 알고 있는 이야기를 듣는 건 굉장한 위로와 따스함이 된다.

매번 늑대가 등장하기 전에 잠들었는데 이젠 동화를 끝까지 듣는 어른이 되었다. 잠들기 전의 동화 한 편은 따스한 차

한 잔이나 누군가의 포옹, 기분 좋은 말들의 향연, 행복한 기억이 흐르는 동산 같다.

이제 내가 모르는 동화는 내 삶뿐이겠지. 아직 나의 결말을 모르니까. 그런 생각을 하며 새로 산 베개 속으로 고개를 파묻었다. 동화를 읽는 목소리가 점점 흐릿해지는 것을 느낀다. 세상과 멀어지는 기분. 그것은 잠에 드는 감각. 오늘은 불편하고 불안했는데 이 순간만큼은 내가 아는 평화로운 곳으로 빠져들고 있어.

잘 자. 나의 잠이 안녕하기를. 깊은 곳에 우리를 데려가 찰나뿐이라도 평화를 들려주기를. 동산이 아니어도, 행복한 결말이 아니어도 평화로운 순간들을 만끽하기를.

"내가 나를 사랑하면 남도 나를 사랑한다."
이 말을 오래도록 이해하지 못했다.

그러다 문득, 나를 먼저 채워야 남에게 쓸 체력이 생긴다는
나름의 결론을 내렸다.

내 안에 좋은 기운을 채우면 그 힘으로 남에게 좋은
말을 하고, 그걸 받은 몇은 그것을 사랑스러운 기운으로
되돌려주기도 한다. 그 공식을 비로소 이해하게 되었다.

그래서 내가 나를 사랑하는 게 먼저구나. 그런 거구나.
영 틀린 말은 아니네, 싶었다.

비로소 이해한 이야기

    내가 나를 사랑해야 남도 나를 사랑한다. 사랑을 떠올리면 가장 먼저 생각나는 문장이다. 내가 나를 사랑한다 한들 남이 나를 사랑할까. 그건 취향의 문제가 아닌가? 내가 나를 사랑해도 남이 나를 사랑하지 않을 수 있는 거잖아. 반대로 내가 나를 사랑하지 않아도 남이 나를 사랑할 수 있는 거 아닌가. 타인에게 받는 사랑은 스스로를 향한 사랑과 별개로 다가오는 것 아닌가. 나는 나고 남은 남이었으므로 사랑의 여부는 개인의 의지라고 생각했다.

    사람과 대화하는 것에도 힘이 든다는 생각을 한 이후로

힘의 이동과 사랑의 결과, 둘의 공식이 궁금해졌다. 내가 나를 사랑하면, 그러니까 응원을 말하며 긍정의 기운을 온몸에 묻히고 좋아하는 곳에 가서 좋아하는 것을 먹으면, 나는 나대로 실속 있는 사람이 된다. 완벽한 충전이다. 그 힘으로 타인을 만나면 상냥하게 굴고 다정하게 말하게 된다. 그리하여 상대방도 좋은 기운을 얻는다. 그동안 지나쳤던 경험을 적용해 문장의 의미를 하나씩 뜯어보니 비로소 이해할 수 있었다.

큰 성공은 이런 거다. 타인에게 다정함을 건네면 몇몇은 내가 준 기운을 소화시켜 다시 사랑스러운 말로 갚는다. 예상치 못했던 사랑을 쥐여주기도 한다. 가끔은 완벽한 사랑의 얼굴로 돌진해서는 날 두드린다. 고마운 일이다. 지난날의 다정을 잊지 않고 찾아와 준 것이.

내가 나를 먼저 사랑하기. 이것이 사랑의 첫 번째 단계라는 것. 아주 틀린 말은 아니네. 자신을 향한 사랑이 결여된 상태에서 내뱉는 말보다 더 날카로운 것이 있을까. 그것을 들은 타인이 사랑을 말해줄 거라는 생각은 관두자. 나를 사랑하는 방식을 깨달으면 타인을 사랑하기도 덜 어렵겠지.

너의 사랑과 나의 사랑을 적다 보니 새벽이 되었다.

짠 음식을 먹으면 물을 마시듯, 감당하기 벅찬
사람을 만나면 홀로 휴식하며 그날의 기억을 희석한다.

나만의 균형을 찾는다.

짠 걸 먹었더니

요리를 하다가 실수로 간장을 들이부었다. 한 큰술을 넣어야 하는데 두 큰술을 넘게 넣었다. 나쁘지 않다고 스스로를 다독이며 음식을 모조리 먹었다. 결국 물 한 병을 다 비웠고 하루 종일 짠맛을 내려보내느라 시간을 보냈다.

감당할 수 없는 사람과의 시간도 내겐 짠 음식과 같다. 하소연을 넘어 흉과 비난을 뱉는 사람. 내가 모르는 건너편 타인의 사생활을 마치 본인의 일인 양 모조리 쏘아붙이며 공감을 바란다는 듯 말하는 사람. 동조하지 않으면 무리에 받아주지 않는 사람. 공간을 부정으로 가득 채우는 사람. 대화의 주제가 너무 짜고 맵고 시고 하여간 같이 있는 시간에 모두를 자극에 담그는 사람. 이내 거리를 두고 홀로 그날의 대화를 희석하게 만드는 사람.

하루를 누군가의 짜디짠 말들로 보낼 생각은 없었는데. 얼굴을 씻으며 생각한다. 먼지 같은 말들을 씻어내듯이 여러 번 헹군다. 빳빳한 수건으로 얼굴을 꾹 누르다가 숨을 깊이 내쉬며 어서 자야겠다고 웅얼거린다. 짠 음식을 먹고 부은 사람처럼 마음에도 짠 기운이 올라와서 괜히 물 한 잔을 따라 단숨에 마신다.

베개를 등 뒤에 두고 기댄다. 마음의 부기를 빼보자. 오늘은 부정적인 공기를 들이마신 하루였고 피할 수 없어서 견뎠으며 사방에서 튀어나오는 자극에 눈을 감고 싶었던 적이 한두 번이 아니었으므로 회복의 시간이 길어질 것이다. 짠 기운이 덕지덕지 묻은 마음에 물을 한 번, 두 번, 세 번 붓는 상상을 한다. 그런 상황에 놓인 건 내 잘못이 아니다. 내가 받아주거나 호응할 주제가 아니었고 사람과 상황이 싫었던 찰나는 당연했다. 정지를 모르고 질주하는 말들 속에서 이만큼이라도 마음을 지켜낸 게 다행이다. 물을 쏟아붓는 상상. 짠 기운을 희석시키며 나를 달랜다.

이것이 혼자만의 시간이 필요한 이유다. 하루를 정리할 뿐 아니라 마음에 달라붙은 기운을 떼어내고 점검하고 살피는 것. 그렇게 감당할 수 있는 사람과 상황을 추려낸다.

아무래도 짜지 않은 게 건강에 좋지. 나는 심심한 맛이 좋아. 담백하고 진실한 것. 누군가에게 원하는 만큼 나도 그런 사람이 되어야지. 담백한 사람으로. 그렇게 다짐하며 이불 속으로 파고들었다.

수정 테이프를 덧대는 방식으로 상처를 지우고
그 위에 새 마음을 적었다.

완벽하게
가려지지는
않네

그래도... 그래,
없던 일도 아니고

덧댄 곳에 상처의 굴곡이 보여도 덤덤하게 발자국을
남겼다. 마음의 발자국과 일말의 다짐을.

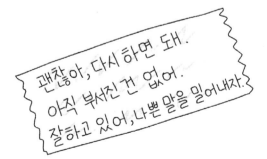

괜찮아, 다시 하면 돼.
아직 부서진 건 없어.
잘하고 있어, 나쁜 말을 밀어내자.

어떤 슬픔은 티가 나지만 그럼에도 나는 내일로
진입해야 했으므로.

수정 테이프

후회는 어디서 올까. 후회가 깊어지면 상처가 되나. 계속 곱씹으면 상처는 벌어지나. 나는 왜 그렇게 말했고 너는 왜 그렇게 말했나.

주워 담을 수 없는 마음을 내뱉었을 때, 그리하여 타인의 말을 속절없이 견뎌야 할 때, 내가 타인에게 뱉은 말이나 나에게 뱉은 말 모두 나를 공격할 때. 그럴 때면 어디론가 도망치고 싶다. 후회는 빠르고 고요하게 날 집어삼킨다. 이 말을 하지 않아야 관계가 무너지지 않는다는 걸 알면서도 그보다 거대했던 나의 진심. 때론 뾰족하게 말해서 어제고 오늘이고 내 삶 전체가 으스러진 기분이 드는데 말이라는 게 문지를수록 점점 번져서 도리어 망가진다. 상처와 후회는 그렇게 온다.

공책에 잘못 적은 단어를 수정 테이프로 가리며 생각했다. 내가 상처를 다루는 방식이 마치 수정 테이프로 덮는 것과 같다고. 티가 나지만 어쩔 수 없는 선택. 상처와 후회를 지우고 그 위에 새로운 마음을 써 내려가는 것. 그 마음은 몇 번의 후회를 딛고 서 있다.

완벽하게 지울 수 없다면 그것을 뚫어지게 쳐다보고 반성하고 수정 테이프를 눌러 붙이고 내일을 위한 말을 적기로 해. 스스로와 약속했다. 티가 나더라도 한 걸음 나아가자는 다짐. 관계 회복이든 자책감 소멸이든 말로 상처받은 나와 내가 아닌 이에게 손을 내밀기로 해.

모든 일엔 굴곡이 있다. 상처와 후회도 마찬가지다. 부끄럽고 견디기 어려운 마음을 외면하지 않는다면 굴곡은 굴곡대로 건강하게 남는다. 굴곡을 발밑에 두고 서 있으면 길을 잃어도 덜 잃는다. 후회하고 상처받았던 일을 기억하고 비슷한 때가 오면 이전보단 아주 조금 나은 선택을 할 수 있기 때문이다. 이 또한 연습이 필요하지만 가끔은 굴곡이 있어서 덤덤하고 건강한 마음이 된다.

어떤 슬픔은 티가 나. 티가 나게 내일로 넘어가자. 습한 마음에 환기를 시키고 곪기 전에 어서 마음의 발자국을 남기자. 우리, 이것을 삶이라고 부르자.

바쁜데 마음이 어지러우면, 일단 한다.

생각을 멈추고 행동하는 것.
그게 내가 할 수 있는 최대한의 일.

울면서 걷자

　마음이 복잡하다. 어제의 일과 오늘의 일 그리고 지난주의 일이 실처럼 엉켰다. 해결하지 못해서다. 실질적인 해법이 없는 일인데, 어떻게든 풀어보겠다고 끙끙대다가 고통만 얻었다.

　그러나 나는 매일 해야 할 일이 있었고 마음이 먼저 정리되기를 기다리는 동안 일에서 손을 떼고 하염없이 외면했다. 마음이 복잡해서 아무 일도 할 수 없었다.

　아무 일도 하지 않았으니 결과랄 것도 없는 삶이었다. 그때 깨달았다. 생각과 행동을 분리해야 한다. 슬프지만 시간은 나를 기다려주지 않고 나는 해야 할 일이 있다. 펜과 종이는 나를 기다려주지 않는다. 내가 나의 마음을 기다리는 것처럼 세상 모든 것이 나를 기다려줄 것이라는 기대, 그런 건 어디에도 없었다.

그래서 울면서 걸었다. 책상에 고개를 박고 울다가 다시 해 보자, 라고 중얼거리며 할 일과 마주했다. 너무 하기 싫어. 울고 있는데 더 울고 싶다. 안 할 순 없나. 그런 말을 자주 했다. 사실 나는 답을 알고 있어. 그저 하는 것. 마음과 결과는 언제나 다른 길로 무질서하게 뻗어갔으므로 각각의 질서에 맞게 행동해야 했다. 힘든 것과 해야 하는 것은 달랐다. 어떤 마음을 지닌 채 그 마음과 다른 결과를 향해 걸어가야 한다는 말이었다. 나니까 나를 기다려주지. 마음은 마음의 질서대로, 결과는 결과의 질서대로 세상은 세상의 질서대로 굴러가니까. 그러니까.

해야지, 울면서 해야지.

생각을 멈추는 게 참 힘이 드는데 '딱 오 분만, 아니 딱 십 분만 집중해서 해 보자.'라고 나를 밀어붙이면 일이 조금씩 해결되기 시작한다. 실행이 곧 결과로 이어진다는 감각. 시도한 것만으로도 완성이 되는 일들. 그렇게 작은 성취를 획득하고, 생각과 불안에 휘둘리지 않고 무엇이든 해냈을 때, 건강한 성공에 가까워진다. 진득한 시간과 정성이 필요한 일이다.

울고 싶으면 울고 걸어야 하면 걷자. 동시에 하자. 울지도 않고 걷지도 않은 채 고여 있다면 실패할 수도 성공할 수도 없다. 원하는 건 그게 아니잖아. 생각을 멈추고 행동하는 것. 그게 내가 할 수 있는 최대한의 일이다.

울면서 걷자.

삶을 의심할 때면, 나는 살아 있음으로 살아있음을
확인하곤 한다. 엎드리거나 웅크리면 심장 박동이
잘 느껴지는데

어떤 날엔 왼쪽 가슴에 손을 올려두고 웅, 웅, 웅,
심장 소리를 들었다.

존재가 존재를 증명하는 중이다.
내가 나를 증명하고 있다.

증명

하루치의 노력을 돌아본다. 고민이라고 말하기엔 짧고 얕은 생각, 노력이라 하기엔 희미한 실행, 이내 공중으로 흩어지는 보상. 책상 앞에 앉아있는 것만으로도 마음이 충족되던 때가 있었는데 오늘은 이룬 것이 아무것도 없는 기분이다. 노력의 핏줄이 밋밋해서 싱거운 하루가 되었다.

이것도 삶인가. 나의 열심은 진정한 열심이었나. 이것은 자신을 의심하는 소리다. 엉덩이만 붙이고 있어서 딱히 결과가 없는 날엔 작게는 나의 능력을 크게는 삶 전체를 의심하곤 하는데 그럴 땐 숨을 고르고 심장 소리를 듣는다. 우웅, 부웅.

심장은 '이렇게 살아도' 살아있다는 사실을 증명한다.

내가 꾸린 상황이 불안하고 타인의 변화가 마치 나의 변화처럼 깊이 느껴지고 계획이 무너져 다시 원점으로 돌아가고, 그리하여 살아있는 것 말고는 할 수 있는 일이 없을 때 심장에 귀를 기울였으면 좋겠다. 하루 종일 어딘가에 몰두하며 엉덩이를 떼지 않았다면 그것만으로도 살아있음을 느낄 수 있을 때까지, 심장 소리에 집중하면 좋겠다. 왼쪽 쇄골 아래에 손을 두고 손바닥에 닿는 규칙적인 심장의 움직임을 느꼈다. 존재를 생생하게 경험한다. 삶의 이유를 나에게서 찾는 것이다.

이것은 사람을 믿지 않고 스스로에 대한 확신도 없을 때 효과가 좋다. 우웅, 부웅. 책상 위로 미끄러지듯 엎드리거나 웅크리면 심장이 더 가깝게 느껴진다. 확신이 고갈되면 현실에서 멀어지는 기분인데, 심장 소리는 나를 현실에 못 박듯 박아버리는 힘이 있다. 나의 것이 과연 잘 될까, 이걸 해도 되나, 그는 정말 그런 걸까, 라고 중얼거리다 고개를 들었다. 살아있으니 그저 살면 된다. 오늘 살아있으니 오늘만큼만 하면 된다.

내일은 내일만큼만 살자. 나는 그대로다. 다른 것은 짐작하지 말자.

확신의 농도가 묽어졌을 때 가장 좋은 방법은 나를 확인하는 일이었다. 존재로 존재를 증명하고 내가 나를 설명하는 것 말이다.

심장 소리를 듣고 실컷 가벼워지는 삶을 바란다. 우웅, 부웅. 어디로든 갈 수 있도록 깨끗한 피가 순환하며 몸을 가득 채우면 좋겠다. 개운한 박자로 몸과 마음에 안정을 흩뿌리는 심장의 운동이 오래도록 이어지길 바라면서.

내가 나를 구해줄 때

마음이 어지러워서 근심을 씻어내는 그림을 그렸다. 불안하고 눈물이 나고 어둡고 질척이는 순간을 물거품처럼 그린 뒤 물줄기를 그려 거품을 씻었다. 불안을 시각적으로 표현해서 지우개로 지우는 일, 하늘에서 물줄기를 내려주는 건 오로지 나. 눈에 보이지 않는 일들에 힘겨울 때면 종종 찾는 방법이다.

감당할 수 없는 일에 사로잡히면 나를 구할 수 있는 건 나밖에 없다는 생각을 한다. 타인으로부터 구출당하는 일도 좋지만 그것은 때로 온전한 구원이 되지 못한다. 그의 손을 매번 기다릴 수도 없는 노릇이고 나의 경험은 내가 알기 때문에 스스로를 구출하는 것이 훨씬 더 효과적이다. 타인의 손길은 달콤하지만 그것은 나의 아픔을 정확하게 조준한 건강한 구원이 아니다. 손길 자체의 따스함에 의해 잠시 아픔을 잊게 만드는 허울이다. 내가 아닌 것에게 한 번 구원을 받으면 지겹도록 그의 손을 기다리는 것밖에 할 줄 모르는 사람이 된다. 그런 때가 있었고 이젠 내가 그런 사람이었다는 사실을 안다.

그래서 종이 위에 나를 그렸다. 온갖 부정에 휩싸여 이러지도 저러지도 못하는 나를 그리고, 나를 구해 줄 나를 그렸다. 마음은 눈에 보이지 않아서 말하거나 그리는 방식으로 세상에 내보내야 했고 나는 그림을 선택했다. 처음부터 불안이나 눈물, 걱정을 물거품으로 그릴 생각은 없었으나 걱정은 과대 포장되어 부풀려진 작은 알맹이라는 사실을 떠올리니 이건 물거품이다, 하는 결론에 도달했다. 멀리서 보면 몸집이 커서 다가갈 수 없고 잡아먹히는 건 언제나 내 쪽이라고 생각했으므로. 어쩌면 불안은 내가 만만했을지도 모르겠다. 아무것도 아닌 일에도 겁을 먹고 울었으니까. 그러나 적어도 나에게는 아무 일이었다.

씻어내자. 어디선가 호스를 끌고 와서 뿌린다. 물거품은 금세 사라지고 그 자리엔 자글자글한 거품만 남았다. 어서 나오라고 손짓하는 내가 있다. 그 손을 빤히 바라보는 내가 있고 그 둘을 바라보는 현실의 내가 있다. 마음이 한결 가볍다. 실제로 해결된 것은 없으나 마음이 개운해서 곧 해결할 수 있을 것 같은 긍정이 조금씩 샘솟는다.

부풀려진 불안에 사로잡혀도 내가 나를 구할 것이다.

효과적이고 효율적으로 살고 싶었다. 덜 낭비하고
덜 실패하는 방식으로.

왜냐하면 자꾸 실패할 때마다 마음이 낡아서
너덜너덜해졌기 때문에.

그런데 효과적으로, 효율적으로 사는 건 없더라. 그냥
부딪히고 깨지다가 일어나서 걷고 쉬다가 우는 거더라.

하루를 살고 며칠을 흘려보내면 납작해진 마음이 다시
부풀기도 하니까. 그 거짓말 같은 힘을 믿고 자주 실패하며
성공에 가까워지고 싶다.

나는 덜 실패하고 싶었지

마음을 덜 낭비하고 뭐든 덜 실패하며 살 순 없을까. 매번 성공하는 건 아니지만 어느 수준까지만 실패하는 것, 그리하여 마음이 덜 다치는 방식을 매일 밤 생각했다. 효과적이고 효율적으로 살면 지금보단 덜 힘들지 않을까, 그런 방법은 전혀 없는 건가, 하면서.

실패는 도전의 흔적이었다. 그러나 세상은 흔적 따위는 상관없다는 듯 오로지 성공을 바랐다. 도전도 필요 없었다. 그럴 때마다 마음이 낡고 삭아서 으스러졌고, 길을 잃어 내내 서 있었다. 나의 경력은 실패뿐인데. 차라리 아무 흔적도 없는 상태라면 순수함을 들이밀었을 텐데, 그마저도 허용되지 않았다. 실패는 나를 야금야금 갉아먹었다.

길을 잃었지. 마음은 휘발됐고 지쳐서 슬펐고 시간을 되돌리고 싶었지. 잠깐 넘어져있자. 어차피 아무도 오지 않아. 넘어진 채로 살다가 지루해지면 다시 일어나자. 넘어진 채로 중얼거렸다.

마음이 갈라진 것과 다시 일어나야 하는 것은 아주 다른 이야기였다. 세상이 실패를 받아들여주지 않아도 도전의 결과를 의연하게 받아들여야 했다. 실망을 느낀 건 자신이 쏟은 마음보다 질 좋은 결과를 얻길 바라서였고, 언제나 그랬듯 인생은 내가 원하는 방향으로 가지 않았을 뿐이다. 그것을 깨닫기 전까지 나는 실패하고 싶지 않아 기회를 외면했다. 마음을 너무 소중히 여겨서 어려운 일을 차단하고 영역을 좁혔다. 시도하지 않으면 마음이 긁힐 일도 없기 때문이다. 그렇지, 그리고 성공할 일도 어떤 결과도 없지.

인생은 이기고 지는 게임이 아니라는 말을 자주 떠올린다.

구멍 난 행주처럼 마음이 너덜너덜해도 살아가야 하니까. 가끔은 납작해진 마음이 나도 모르게 부풀어 올라 다시 통통해질 때도 있잖아. 그런 거짓말 같은 순간들을 믿는 거지. 그리고 몸을 일으켜 잠시 앉아 있다가 일어나야지. 그렇게 걸어가야지.

효과적이고 효율적인 삶은 어디에도 없다. 운이 좋을 순 있으나 그것은 순간을 반짝이게 만들지 삶 전체를 빛내진 않으니까. 폭죽처럼 화려한 순간을 오래도록 음미하며 살고 싶으나 그런 삶은 없지. 좋은 순간은 분명 오늘 속에 있어. 그러니 오늘에 집중하자.

우리는 살아야 하잖아.

좋아하는 걸 하다 불쑥 거울을 본다.
해맑게 웃고 있는 내가 있다.

이런 표정이구나,
정말 좋아하네.

내가 어떤 것을 정말 좋아하는지 알고 싶을 때
간단하게 알아차릴 수 있는 방법이다.

나는 너무 무던해졌고
행복을 모를 때가 있으니까
내 표정을 척도로
나의 행복을
감지해야지.

웃고 있는 내가 보인다면, 나는 그것을 사랑하는 거다.

좋아하는 것을 찾는 법

내 얼굴이 나의 사랑을 증명하고 있다.

좋아하는 게 없어. 어릴 적에 유행어처럼 달고 살던 말이다. 좋아하는 걸 찾으라는 어른들의 말을 듣고도 내가 좋아하는 일보단 그들에게 칭찬받을 만한 취미와 성격을 가지는 게 좋으리라 생각했고, 결국 나의 본질을 외면한 채 좋아하는 마음에 대한 환상만 가진 어른이 되었다. 성인이 되었을 무렵 대학 생활을 하며 원하든 원치 않든 매번 새로운 경험에서 헤엄치면서도, 좋아하는 것을 발견하기까지 꽤 오랜 시간이 걸렸다. 막막하고 두려운데도 꾸준히 하게 되는 일. 울고 웃고 지지고 볶고 미친 듯이 싫다가도 날아갈 듯 좋은 일. 좋아하는 것이란 그런 일이었다. 그리고 지금, 나는 여전히 사랑이 헷갈릴 때면 거울을 본다. 얼굴에 마음이 드러나는지, 그것을 내내 확인한다.

거울을 봤던 것은 우연이었다. 여느 날처럼 마음을 쥐어짜며 완성한 글과 그림을 터덜터덜 걸어가는 사람처럼 인스타그램에 올렸고, 개운함과 떨림으로 새로 고침을 하는데 작업이 좋다는 독자들의 반응을 보고 긴장이 전부 녹아 사라졌다. 나도 모르게 웃으며 거울과 눈을 마주친 순간, 확실한 감정에 휩싸였다. 아, 이 일을 사랑하는구나, 행복해하는구나. 성인이 된 이후로 이렇게 크게 행복했던 적이 있었나 싶어 마음이 아리고 간지러웠다.

수많은 자극에 노출된 어른의 삶은 마치 바람 빠진 풍선 같았고, 예전만큼의 신선함을 원했지만 감정의 변화는 막연하고 밋밋했다. 그런 삶인데 웃게 하는 일이라면 분명 사랑이다. 사막에 한 송이 꽃을 피우게 하는 일이라면 놓지 말아야 할 사랑이었다. 그렇게 나의 표정을 기준으로 행복과 사랑을 찾자고 다짐했다.

체력이 다할 때까지 글을 쓰고 고치고 반복하다 끝내 결과물을 내놓을 때, 진심이 묻은 반응을 음미할 때, 사랑하는 작가의 문장이 온 마음을 관통할 때, 신나는 영화와 맥주 한 캔, 하모니카 소리, 힘 빠진 전자 기타 소리와 사랑하는 얼굴들, 하늘에 굴러다니는 구름 한 조각. 거울을 통해 발견한 나의 보물이다. 눈물 많은 인생에 등장한 한 줌의 행복이자 보조개가 선명해질 정도도 웃게 되는 일들이다.

많은 감정을 질리도록 겪어 다 자란 사람의 마음을 동하게 만드는 것은 어려운 일이겠지. 그러니 사랑이 오면 당장 붙잡아두자.

마지막 문장을 쓰고 찰나의 행복에 젖어들었다.

이 텀블러도 누군가가 만든 것. 이 책도, 지갑도,
작은 장식품도 누군가의 손을 거쳐 세상에 나온 것.

모두 사람이 하는 일이다.
사람의 손길이 닿지 않은 것이 단 하나도 없다.

모두가 대단하다.
쉽지도 가볍지도 않은 일들을 사람은 해내는구나.

우린 서로의 손길 속에서 사는구나.

사람이 하는 일

이 텀블러는 어디서 온 걸까. 이 책과 지갑은? 책상 위의 작은 장식품들은 대체 어디서 왔나. 그런 생각을 하다가 모두 사람의 손을 거쳐 온 것이라는 결론에 도달했다. 모두 사람이 하는 일이다. 사람을 거치지 않은 물건이 단 하나도 없다. 하물며 지금 쓰는 키보드조차, 모두.

글을 쓰면 모든 것을 나의 손으로 완성했다는 성취감을 느낀다. 생각을 뜨개질하듯이 엮으며 결말에 도달하는 방식으로 쓰는데, 부족함과 쓰라림을 겪어도 포기할 수 없다. 정직하고 성실해야 얻는 성취감이기 때문이다. 이 일을 그런 방식으로 해내고 나니 작든 크든 물건이든 아니든, 모든 일엔 사람의 영혼이 다량으로 묻어있을 것 같아 소중해졌다. 이 글엔 나의 영혼이 덕지덕지 묻어있다. 다른 이의 것도 그러리라 생각한다.

사람이 만들고 사람이 하는 일이니까 우리는 서로에게 더 잘해주면 좋겠어. 깨달음 뒤에 얻은 단 하나의 문장이었다. 나는 언제나 고립되어 있고 혼자서 끈질기게 삶을 굴려간다고 생각했는데 지금은 몸의 일부분이 타인의 손길로 채워진 것이라는 생각을 한다. 글쓰기 외에도 물건을 쓰거나 밥을 먹는 와중에, 눈앞에 있는 것들이 소중해져 잠시 행동을 멈추곤 한다. 사람이 만든 것. 사람의 손과 생각이 묻은 무언가가 나의 결여를 채울 때 비로소 삶이 풍성해지는 경험. 그 뒤로 작은 물건에도 어떤 과정과 어떤 사람이 있었을지 궁금해 되감기 하듯이 그 시작을 짚어본다.

욕실 속 로션 용기의 겉면에는 제조한 이의 이름이 적혀있다. 목욕을 마치고 로션을 바를 때마다 그의 이름을 읽는다. 어떤 마음으로 만들었을까. 그저 일이라고 생각하며 덤덤한 마음으로 만들었나. 피곤해도 책임감으로 일을 마무리했을까. 모든 내용물이 사람의 손길을 거쳤으므로 너무나 다정한 결과였다.

혼자 살고 있다고 생각했으나 혼자가 아니었다. 무리 속에서 홀로 세계를 다지느라 옆 사람의 삶을 궁금해 하지 않았다. 나의 세계에는 나의 재료만 넣었고 타인의 손이 닿은 재료는 필요 없다고 믿었다. 그러나 우리는 각자의 손으로 빚은 이야기를 서로의 세계로 고요하게 굴려 보내고 있었다.

낮에 읽은 글, 좋아하는 그림, 보고 만지고 먹은 것 전부, 사람 손을 타지 않은 게 없지. 모두가 쉽지도 가볍지도 않은 일들을 해낸다.

밖으로 나와 거리에 늘어진 사람들을 보며 결국 우린 서로에게 닿아있는 게 아닐까 하고 생각했다.

초록불이 들어와서 길을 건넜다. 실을 엮듯이, 스쳐가는 사람들 사이로 섞여 들어갔다. 각자의 세계가 명랑하게 부딪히는 소리가 들린다.

3

내가
되는 마음

좋은 날씨를 보며 생각하는 것

하늘에 구름을 그대로 꿰매고 싶다. 매일 볼 수 있게.

널 보면 시간이 흐르는 게 눈에 보여서 너무 아깝다고

하늘에 바느질

친구가 하늘 사진을 보냈다. '오늘 하늘 예뻐.' 그 말에 홀린 듯 베란다로 나갔다. 맑은 하늘에 구름이 두세 점이 떠 있고 나는 순간을 오랫동안 만끽하려고 사진을 곁에 둔 채 가만히 앉았다. 바람이 부드럽게 들어와 이마를 스치는 오후. 구름과 구름이 손잡고 지나가는 순간이 사랑스럽다. 모든 것을 저장하고 싶다. 평화롭게 흘러가는 구름을 하늘에 꿰매고 싶다. 그런 생각을 하며 명상하듯 숨을 쉬고 하늘을 올려다보았다.

구름이 흐른다. 시간의 흐름을 눈으로 확인한다. 보이지 않던 것을 목격하면 대부분 사랑에 빠지지만 동시에 두려움을 느낀다. 이를테면 시간이 흐르는 것. 오늘도 금세 지나갈 것이니 알차게 살자고 다짐하다가도, 이 시간은 절대 돌아오지 않는다는 현실적인 감각을 떠올리면 아찔하고 서늘하다. 나른한 인생을 추구하지만 세상은 나른한 사람보다 부지런한 사람을 좋아하므로 시간의 속도에 맞춰 발을 움직이는 사람이 되어야지 왜 여기서 이러고 있느냐는 말이 들리는 것만 같아서다. 그럴 때면 누군가에게 나의 하루를 평가받듯 조급하게 생각하고 결정한다. 그런 결정은 대부분 만족스럽지 못한 결과가 된다.

우리는 어쩔 수 없이 그 현실을 발밑에 두고 서 있다. 시간을 거스를 수 없기에 놓친 것과 지나가는 것을 움켜잡고 싶은 거다. 하늘이라는 천에 구름 단추를 꿰매고 싶은 것처럼. 시간이 멈추었으면 하는 욕심과 아름다운 것을 마음속에 덕지덕지 바르고 싶은 마음. 순간을 천천히 소화하고 싶은 마음. 작은 욕심이지만, 솔직해질 테다. 나는 나른하고 평화로운 순간을 매일 만끽하면서도 세상이 칭찬하는 그런 사람이 되고 싶어. 나로서 살아갈 거지만 얼마간의 칭찬은 복용하면서 살고 싶어.

맑은 하늘 아래서 바람을 맞으며 구름을 구경할 수 있는 날은 일 년 중에 몇이나 될까. 봄이나 가을이 적합한데 슬프게도 봄이나 가을은 너무 짧고 나는 마음이 자주 바쁘다. 돌아오지 않을 하늘을 얼마나 놓치고 있나. 찬란한 보물 같은 날씨가 바깥에서 나를 기다리는데.

하늘에 구름을 꿰맬 순 없지만 마음속에 실과 바늘은 지니고 다녀야지. 그건 아마, 안 될 것을 알면서도 차마 버리지 못한 작은 소망일 것이다.

내가 사랑한 문장들이 모여 집이 되길.

나는
의연하게
잘 버텨낼 거니까.
나는 나의 것으로, 나로
성공한다. 아주 잘 가고 있어.
하고 싶은 거에 집중하자.
지금 이 자리에서 당장
행복하자. 내가 날 일으키지.

이따금, 악의 돌부리에 걸려 넘어져야 한다면
그곳에서 수없이 넘어지고 싶다. 무엇을 밟아도
새 이불처럼 포근할 테니.

나는
의연하게
잘 버텨낼 거니까.
나는 나의 것으로, 나로
성공한다 잘 가고 있어.
하고 싶 집중하자.
지금 이 에서 당장
행복해 날 일으키지.

온전히 나의 몸을 맡겨도 불안하지 않은 집을 갖고 싶다.

집을 갖고 싶다

시절을 견디게 한 문장이 있다. 힘겨울 때 덜 힘겹게 해 준 문장, 울음이 삐져나올 때 심호흡이 되어 준 문장, 공허할 때 사랑이 되어 준 문장, 숨통을 트이게 한 문장, 소나기처럼 열을 식혀 준 문장. 나의 사람들을 사랑하듯, 나를 구해 준 문장들을 사랑한다.

모든 문장을 나열하면 포근한 이불이 되어 마침내 거대한 집이 될 것만 같다. 사랑한 문장이 이토록 많은데 그중에서도 몇 가지를 골라 튼튼한 재료로 사용하여 아늑한 집을 만드는 거다. 위로하고, 호되게 꾸짖고, 그리하여 나를 일으키던 말들

속에서 말랑하고 단단한 포옹을 느끼며.

당신이 사랑하는 문장은 무엇일까. 당신을 포근하게 껴안아 줄 수 있는 집을 짓는다면 어떤 말을 재료로 넣을 수 있나. 오래 전의 나는 '버티자', '견디자', '이건 힘든 것도 아니야'와 같은 말로 매일을 견뎠는데, 요즘은 '잘하고 있어', '지금 이 자리에서 행복하자', '나는 나의 것으로 성공할 거야'와 같은 말을 선호한다. 당시의 외침은 다소 거센 기운을 풍기지만, 잘못이라고 생각하지 않는다. 이전의 나는 아득바득 꾸역꾸역하여간 어떤 것에 압박당하듯이 살았으므로 그에 상응하는 강력한 한마디를 원했던 거다. 끝내 버티자는 말에 위로를 받았던 것이고 덕분에 실제로 잘 버텼다. 지금은 '당장'이 중요한 사람이 되어서 그에 관한 문장들로 하루를 살고 내일을 기다린다. 지금의 내가 적당히 삼키고 이해할 수 있는 말이기 때문이다. 그렇게 순간마다 내게 필요한 문장들로 생존했고 그것은 나의 무기가 되고 내가 되었다.

이 말들은 어디선가 나를 기다릴 것 같다. 어서 오라고 손짓하는 단어들이 보인다. 희미하게 보이던 덩어리가 이내 윤곽을 드러내고, 햇살에 조준당해 오렌지색으로 빛나는 집이 보인다.

허공에 부유하는 아픈 말들이 시도 때도 없이 나를 공격하고 넘어뜨리고 비웃어도 안전한 그곳에 착륙하고 싶다. 걸려 넘어질 수는 있지만 덜 다치고 싶다. 넘어진 사람의 손을 잡아주고 무릎을 털어 주고 얼굴은 다치지 않았는지 다정하게 확인해 주는 문장들이 가득한 집에서 넘어지고 싶다. 맛있는 위로와 아늑한 행복의 단어를 무한히 즐기고 싶다.

문을 열고 집에 들어가는 나를 상상한다.

내 삶에 화음까지는 필요없고,
나 홀로 내는 음이어도 박자에 맞는 올바른 음이길.

하다못해 음 이탈이 나도, 허무해서 한 번 웃더라도
부디 내 목구멍에서 터져나오는 음이기를.

단 몇 음이라도

화음이 쌓인 노래를 들었다. 이내 화음 없이 단 하나의 목소리만 들렸는데 그것이 꽤나 감미롭다. 한 사람의 목소리가 노래를 이끌어가는 힘을 생각한다.

삶을 노래라고 하면 가수는 나다. 록 밴드의 고음처럼 하루를 찢어놓듯이 열정적으로 살다가도, 악기 하나를 두고 단조롭게 읊조리는 것처럼 익숙함과 평화를 찾는다. 어제와 오늘은 그런 날의 결합이다. 이것은 사 분이 채 되지 않는 음악에 진하게 묻어 있는 솔로 가수의 목소리 같은 것이다. 음 이탈이 나도 박자가 엇나가도 굳건하게 본인의 목소리로 한 곡을 다 채우는 사람처럼 사는 것. 화음을 넣어 주던 사람들이 사라져도, 박자를 맞춰주던 사람들이 사라져도, 내가 기대던 배경음악이 사라져도 우두커니 서서 내 자리에서 목소리를 내는 것. 삶을 노래하는 것. 모두가 사라져도 목소리로 무슨 음이든 낼 수 있는 사람. 그것에 도달하기 위해 산다고 생각하니 스스로가 애틋하고 대견했다.

화음이 풍부한 노래는 화려한 느낌을 준다. 화음이 없는 노래는 혼자의 힘을 증명한다. 그러니 화음이 없는 것처럼 인생의 고독이 밀려오면, 모든 것을 홀로 해내고 있다는 사실을 기억하자. 이 노래를, 이 삶을 채우고 있는 건 나의 목구멍에서 탄생한 소리라고. 찌르는 목소리, 감미로운 목소리, 잔잔하고 침체된 목소리, 건조한 목소리, 가볍고 따가운 목소리 모두 내가 만든 소리라고.

우리는 각자의 목소리와 색을 지닌 하나의 음악이다. 나는 단단하고 색이 짙은 음악인데, 넌 입안에서 터지는 사탕가루처럼 짜릿한 음악이구나. 달고 화려하다. 네 삶이 흘러나오네.

삶의 모서리만 들었는데 네가 참 대단해 보여. 네 목소리로 여기까지 왔구나. 나는 이런 노래를 해. 내일은 어떤 노래를 할지 모르고 음의 굴곡을 예상할 수 없지만 오늘의 노래가 만족스러워. 이것도 내 목소리거든. 너는 어제 어떤 목소리였니. 각자의 목소리로 다음에 또 만날까. 그런 말을 주고받는 상상을 한다.

단단하게 연주되는 삶, 하나의 목소리로 엮인 노래를 생각한다.

무례한 이에게

나는 네게 동의를 바라고 이야기한 것이 아니다. 너는 마치 괴짜 같고 특이한 나를 넓은 마음으로 수용한다는 듯이 말하는데. 다시 한번 말하지만, 나는 너의 동의가 필요 없다. 너의 단어로 나를 지배하려고 하지 마. 한 사람의 말로 대화가 파괴되는 관계라면 이 관계를 정의하고 싶지 않다.

무례한 사람을 만날 때마다 이런 생각을 한다. 당신의 동의가 있어야만 나의 말과 행동이 긍정을 획득하는 것이 아니기 때문이다. 나의 취향은 어떠한 동의 없이도 해맑고 개운하다. 취향은 동의의 영역이 아니라 이해와 존중의 영역이다. 그러나 당신은 이해는커녕 무례함으로 범벅된 문장을 당당하게 내뱉었다.

타인이 나를 함부로 판단하고 인정하도록 두는 것은 주도권을 일부 건네주는 것과 같다. 실은 그 사람과 더 이상 말을 섞고 싶지 않아서 그렇게 하도록 두는 경우가 있는데, 고백하자면 나는 그런 상황을 그런 방식으로 자주 도피했고 도망쳐보니 타인의 무례함이 나의 내밀한 영역까지 침범해있는 경우가 대부분이었다. 그러니까 무례함을 느낀 것을 넘기지 않고 그 자리에서 그런 말은 불편하다고 말하거나 침묵으로 대답을 유지해도 좋았을 것이다. 어려운 걸 안다. 여전히 어려워서 그저 두는 관계가 많다. 지속적으로 연습해야 한다. 분명 나는 무례하다고 느낀 지점에서 길을 잃고 맴맴 돌 것이다. 이제 무언가를 깨달은 듯 숨을 뱉어보자. 그 마음을 모아 타인을 겨냥한 뒤, 자, 준비하고 쏘세요! "왜 그렇게 말해? 너의 장난, 묘한 우월감이 새어 나오는 동의와 인정은 듣고 싶지 않아. 그건 네 생각이고."

나를 아끼는 사람의 이해가 있다면 불쾌한 타인의 동의는 더욱 쓸모없다. 곁을 준 사람들과의 만남을 즐기면 된다. 우리는 우리의 선택으로 서로의 곁에 남았기에 각자의 의지로 엮인 지독한 사이, 그 이상이다. 취향이나 외모, 생각 등 나의 일부는 타인의 동의로 완전해지는 게 아니다. 선택과 이해가 있을 뿐이다. 때로 사랑하는 이의 사려 깊은 단어로 나의 취향이 증폭되는 것이지.

무례한 사람들아, 나는 당신의 동의 없이 잘 산다. 무례를 겪은 사람들아, 당신의 삶은 훨씬 윤택해질 수 있다. 그럴 힘은 존재한다. 당신의 내밀한 공간에 분명.

나는 성취보다 포기가 빠른 사람.

온탕과 냉탕을 수차례
오가며 미적지근한
무기력으로 진입

어차피 안돼

지쳐...
왜 이러고 살아

하긴 했는데
마음에 안 들어

아무것도 안 한 건 아닌데
결과물이 없는 상태

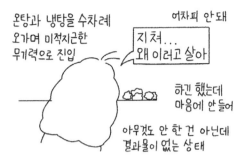

행복이 찾아 와도 즐기지 못하는 나를 보며 '평생
이렇게 살면 어쩌지.' 싶었는데

'행복이 와도 걱정하느라 못 누린다면 다 무슨
소용이지?'그런 생각을 하니 정신이 맑아졌다.

이번엔 정말 못 빠져 나오는 줄
알았는데. 인간은 정말 다양한
방법으로 어떻게든 살려고 하는구나.

내가 빠졌던 무기력이 보이지만
깨달음 위에서 내려다 보는
기분이야.

이제부터라도, 꼭 지금 여기서 행복해야지.
지금 당장 이 자리에서, 현재의 행복을 누려야지.

새로운 좌우명

오늘을 갈아서 내일을 만든다. 그런 방식으로 몇 주를 보냈고 일기장에 지친다는 말을 자주 적었다.

나는 포기가 빠른데 대부분 시도하다가 중간에 멈추는 사람이다. 어중간한 과정과 결과. 바닥난 성취. 그것으로 여유가 사라지고 각박해진다. 아무것도 안 한 것은 아닌데 영 시원찮거나 어디에 내놓기 부끄러워서 결과를 없는 셈 치는 게 나았다. 온몸을 던졌으나 나를 반대한 사건도 있었고, 찬성이고 반대고 아무런 대답을 하지 않은 사람도 있었다.

더워. 몸과 마음이 끈적하게 녹는 여름이었다. 회복이 유

독 느려서 이번엔 결코 빠져나올 수 없는 무기력이라고 생각했다. 달달 돌아가는 선풍기 앞에서 결과도 사랑도 없이 말라가는 여름날. 한 톨의 성취도 느낄 수 없는 새벽을 매일 힘없이 통과했다. 통과했다, 라고 말해도 될는지 모르겠다. 가만히 앉아서 시간이 가는 걸 보고만 있는데도 그것을 견딤이나 통과로 포장할 수 있나. 자주 눈을 감았고 숨소리 없이 숨을 뱉었다. 잠깐의 행복이 다가와도 온전히 즐기지 못했고 내일을 위해 오늘의 행복을 지속적으로 미뤘다.

오늘의 일을 미루면 내일의 내가 괴로울 거야. 행복할 시간이 어딨어. 나중에 즐겨도 돼. 그렇게 생각하며 당장 다가온 행복을 모조리 외면했다. 후회한다. 그때의 행복은 그때 즐겨야 제맛인데. 나중에서야 철 지난 행복을 붙들고 아무리 주문을 걸어도, 결국 살아나지 않는 걸 알면서. 곰곰이 생각하다가 이내 고개를 들었다.

다 행복하자고 하는 일인데. 오늘 행복하지 않으면 무슨 소용이지? 지금 여기서 행복한 게 최고 아닌가? 오늘을 갈아서 내일을 만들다니. 오늘도 언젠가의 내가 행복을 빌면서 몸과 마음을 갈아 당도한 날일 텐데. 그런 생각을 하자마자 몇 주 치의 무기력에서 스르르 빠져나왔다. 마치 발밑에 경계가 생겨 지난날의 무기력을 내려다보는 것 같았다. 얼마나 깊고 힘겨운 싸움이었는지 가늠할 수 있을 정도로 응시하는 느낌. 찰랑이는 물에 발을 담근 채 무기력을 딛고 서 있다. 개운함이 와락 덮쳐왔다.

새로운 좌우명이 생겼다. '지금 행복한 사람이 최고야!' 이 주문이 오래도록 내 곁에서 나를 지켜주길 바란다. 너와 내가 꼭, 오늘, 지금, 여기서 행복하길 바라면서.

편지

자음과 모음 사이에 풀칠한 내 마음을.

이 문장을 오래도록 간직했다. 언제 썼는지 모를 문장인데 누군가에게 편지를 쓴다면 꼭 넣고 싶어서 아껴두었다. 사랑한다는 말과 함께.

마음은 눈에 보이지 않아서 언제나 말로 표현하자고 다짐한다. 말도 어느 순간 증발하므로 꼭 적어두자고. 응원해, 좋아해, 널 아껴, 사랑해, 같은 말은 더욱 눌러쓴다. 펜으로 누른 자국이 마치 마음의 흔적이라도 된다는 듯이. '사랑해'의 '사'를 쓰기 위해, 그러니까 ㅅ(시옷)과 ㅏ(아)를 붙이려고 그 사이에 마음을 녹여 풀칠하듯이, 어떤 말들을 꾹 눌러 적었다.

발신자의 마음이 그대로 전해졌습니다, 같은 알림을 상상한 적 있다. 액정 속의 메시지든 손으로 적은 편지든 수신자가 발신자의 마음을 온전히 경험하는 순간을 소망했다. 오해와 절망이 아닌 반짝거리는 하나의 응원이 되길 바랐다. 당장 내일이라도 네 마음을 지탱해 줄 말이 되고 싶었다. 욕심이지만 나의 문장을 읽은 네가 다시 하루를 재생하는 것을 보며 나의 존재를 확인하고 싶었다. 실은 내가 보고 싶어서다. 너를 통해 나를 보고 그런 나를 보는 너를 눈에 담고 싶었다.

사랑해. 이 말 하나에 내 마음을 어지럽게 붙였어. 자음과 모음 사이에 풀칠한 내 마음을 함께 보내. 사랑을 남발하지 않는 사람이라 사랑한다는 말에 진심을 묻히는 방법을 내내 생각했어. 이 말이 금방이라도 휘발될까 봐 걱정했지. 결국 단어 사이사이에 진심을 끼우며 어떻게든 마음을 껴안은 언어가 되길 바랐어. 이런 마음을 한 장의 편지에 눌러 담았다.

궁금해. 잘 지내는지, 아프진 않은지, 나는 오늘을 견디고

내일은 우는 방식으로 사는데 당신은 어떻게 지내는지. 당신
이 울자면 울고 웃자면 웃을 텐데, 원하는 하루가 있느냐고 묻
고 싶다.

문방구에 들려서 편지지를 사야겠다. 되도록 그림이 없는
담백한 것이면 좋겠다. 편지로 적을 마음이 너무 수다스럽기
때문이다. 편지지마저 요란하면 수신자의 눈과 귀가 어지러울
것이다.

사랑한다는 말은 어렵지만 아름다워. 무질서한 진심이 와
르르 쏟아질 때, 손바닥엔 사랑이 엉켜있지.

아무것도 장담할 수 없는 이 세계에서
내가 내 몸 하나 건질 수 있는 힘이 생겼으면.

나의 안녕을 그 누구도 아닌, 내가 책임지고 싶다.

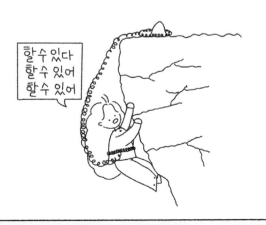

나를 맡길 곳

나를 책임지는 건 얼마나 무거울까. 돌의 무게만큼, 바다의 무게만큼, 아니면 지구의 무게만큼 무거울까. 몸이 자랄수록 책임은 끈적하게 달라붙고 나는 짓이겨지고 감당할 수 없고.

몸무게만큼만 나를 걱정하고 돌보면 된다고 생각했다. 착각이었다. 다시 말할까. 그건 내 착각이자 진창에 빠진 것만큼이나 절망적인 실수였어. 시간이 지날수록 나이를 먹는 게 아니라 책임을 먹는 것 같아. 영원히 소화해야 하는 음식 같은 것을. 덩어리가 되어 소화제로도 분해할 수 없는 마음의 짐 같은 것을.

책임을 먹으니 마음의 무게가 늘었다. 어른이 되는 건 몸이 무거워서 한 발자국 내딛는 게 어려워진다는 걸까. 아무것도 장담할 수 없는 세상이다. 당장 오늘의 일도 확신할 수 없어서 나는커녕 사랑하는 것도 지키지 못했고 잃어버린 것을 잃어버린 채로 썩게 두었다.

나를 맡길 곳을 찾아야 했다. 온전한 내가 되는 곳. 불안을 옆에 두고도 안정적인 사람이 되는 곳. 그곳에서 나와 사랑과 잃어버린 것을 되찾고 싶었다. 허리에 밧줄을 감고 절벽 위로 줄을 던져 팽팽하게 당기며 갈라진 벽이라도 올라갈 생각으로.

내가 되는 곳에 가기 위해 먼저 내가 되어야 했다. 확신이 있어야 어디로 가든지 내가 될 수 있다. 나를 받아줄 곳은 나뿐이었다. 순간을 버티며 스스로의 믿음이 되는 것만이 유일한 탈출구였다.

무엇이든 선택하고 곧장 실행했다. 간단하고 어려운 일이다. 성공하면 다독였고 실패하면 칭찬했다. 성공한 뒤의 붕 뜬 마음을 가라앉혀야 다음 걸음이 경박스럽지 않았고 실패 뒤의 마음은 따끈하게 데워야 다시 끓어올랐기 때문이다. 두 팔과 다리로 무게를 이고 올라갔다. 책임을 씹어 삼킨 몸으로 하루치의 절벽을 타는 방식으로 며칠을 살았다.

내가 키워서 자란 나는 힘을 다 써버린 나를 다시 일으켜 세워. 힘의 순환. 나를 먹여 살리는 건 그 누구도 갈취할 수 없는 기쁨이자 고통이었다. 살과 뼈를 느리게 키워나가면 언젠가 나는 온전히 내가 될 거다. 절벽을 타고 올라가 웃을 수 있다면 그것이야말로 더할 것 없는 이상향 아니겠어.

나를 책임지는 건 나를 믿는 것이야.

순간을 사진으로 남기는 건 인생이라는 책에 얇은
책갈피를 꽂아두는 것 같다.

기억하고 싶은 순간, 언제든 펼쳐 읽고 싶은 옅어지지
않길 바라는 기억, 심장을 관통하는 단 하나의 구절과
어떤 시절. 그렇게 책갈피를 꽂듯 사진을 남기는 우리.

사진을 보며 추억에 잠기는 일은 어쩌면 나라는 책
한 권을 여러 번 읽는 일일지도 모르겠다.

사진은 책갈피

인생을 책이라고 한다면 순간을 사진으로 남기는 것은 행복한 구절에 책갈피를 꽂는 것과 같다. 기억을 잡아두고 음미하기 위해서 사진을 찍는다. 기억이 흐릿해지면 사진첩을 되감기 하듯 이리저리 훑어본다. 당시의 감각이 옅어지지 않도록 조심스레 쓰다듬으며 마음 깊이 자국을 남긴다. 순간을 잡아두는 일은 어느 날의 나에게 주는 선물이었다.

지나가면 다시 오지 않아. 삶을 기록해야 해. 풍경이나 담벼락의 고양이를 보고 사진을 찍을지 말지 고민할 때마다 머리에서 목소리가 울린다. 찍어. 지금이 아니면 볼 수 없을지도 몰라.

누군가는 매 순간을 절박하게 사는 것 같다며 내게 긴장이 촘촘하다고 하지만 나는 애틋함이라고 말한다. 한정된 기억으로 멋지거나 힘든 순간을 전부 쥘 수 없어서 속수무책으로 흘려보냈는데 과거의 기억이 소중해진 지금에서야 당시를 증명할 사진 한 장이 없다는 게 야속했기 때문이다. 마음속에 각인되었다고 해도 시각적으로 기억을 재생시킬 수 있는 도구가 필요했다.

내가 책을 읽는 방식은 어딘가 고약한데, 잘 뭉개지는 연필로 밑줄을 긋고 짧은 감상을 적고 너무 좋은 나머지 책 끝을 접거나 가끔은 상당 부분을 접어두고 책갈피를 꽂고 인덱스를 붙이며 감명의 흔적을 요란스럽게 남긴다. 자랑하고 싶은 것처럼 이곳저곳을 접고 긋고 들춰보고 흑심이 번지면 번진 대로 좋아하고 밑줄을 서너 번 긋는다. 자주 들춰 본 부분은 찢어져서 테이프를 붙여두었다. 무언가를 정말 사랑한 나머지 벅찬 마음을 숨길 수 없다. 언젠가 다시 읽을 때면 이 부분에

서 어떤 감정에 휩싸였는지 느낄 수 있어서 이런 방식을 좋아한다.

계속해서 사랑을 재생하며 영원에 사는 기분은 그저 행복이 된다. 시간이 질서정연하게 흘러가기에 나는 다만 숨을 참고 흔적을 남겼다. 사진도 그렇다. 내가 할 수 있는 것은 그뿐이다.

훗날, 나의 책 사이에는 얼마나 많은 책갈피가 꽂혀 있을까. 여전히 나는 옛 사진을 보며 나라는 책을 다시 완독하고 있는데. 할머니가 되어 나를 읽는 나를 상상한다.

어디로 가지

자, 내일로 넘어가자. 그렇게 말하고서 오늘을 놓지 못해 새벽을 맞이했다. 표지판이나 안내 없이 내일을 맞이한다는 생각에 덜컥 겁이 났고, 확신을 상실한 채 해가 뜨기 전까지 걱정을 유지했다. 답은 이미 정해져있다. 잠들면 된다. 아침에 일어나 평소처럼 먹고 움직이면 된다. 그러나 종종 그것이 막연해서 길을 잃은 것처럼 새벽에 우두커니 서 있는 사람이 된다. 어디로 가야 하지. 마치 삶의 목적과 의지를 잊은 사람처럼 하던 일을 멈추고 스스로를 격렬하게 점검하기 시작한다. 어디로 갈 건데. 그 길, 틀린 거 아니야? 조언을 구했니? 네 생각이 맞아?

일단 가.

의심의 날을 통과하다 보면 우물쭈물 서 있는 내게 누군가 이렇게 소리친다. 답답함과 속상함이 한데 뒤섞인 문장. 전력 질주가 아니어도 좋으니 발을 내밀기를 소망하는 문장. 일단 가! 그것은 내면의 소리였다.

'일단'이 주는 명확한 의지, '가!'에서 뿜어져 나오는 강력한 힘. 정신을 차리니 불안정한 자전거 위에서 페달을 굴리며 지그재그로 그러나 앞으로 나아가는 사람처럼 가고 있었다. 시작을 해야 시도의 흔적이 남는다. 그것은 실패나 성공, 또는 과정이 된다. 비틀거려도 나의 발걸음이었으며 두려워도 경험이었다. 걱정은 불시로 찾아오지만, 해결은 이미 마음 깊은 속에 존재한다. 답은 내게 있었다.

어디든 가. 일단 가, 가면 돼. 거울을 보며 나에게 말했다. 그냥 해. 네가 생각하는 것만큼 일이 꼬이지도 않을 거고 꼬일 만큼 큰일이 아니야. 두려운 게 당연해. 그렇지만 두려운 것과 해야 하는 것은 달라. 두려움에 얼기설기 꼬인 감정과 그럼에도 앞으로 튕겨져 나가는 몸, 이 두 가지를 동시에 소화해야 하니까. 온탕 속에서 차가운 식혜를 마시듯 몸과 마음의 온도 차를 느끼며, 일단 뭐라도 해 보자.

그럼 우린 어디서 만나? 거울 속의 내게 물었다. 일단 가라고 해서 일단 여기까지 왔는데 그럼 너랑 나는 어디서 만나? 날 두고 무책임하게 떠나진 않을 거지? 욕심 많고 태평한 내가 스스로를 구렁텅이에 밀어 넣은 게 한두 번이 아니라서, 믿음직스러운 답을 듣고 싶어. 나 여기서 계속 달리면 어디에 도달하는 거야? 나는 대답했다. 어디서든 보자. 그게 어디든 난 널 기다리고 있을 거야.

그 말은 나의 선택이 무엇이든, 그 끝이 어디든 나의 발걸음을 존중한다는 뜻이었다. 두려움이 광활한 현실을 창조할 거라는 작은 희망이었다.

일이 잘 풀리지 않을 때마다 외치는 나만의 주문

아휴...

나는 잘될 건데 잠깐 고민하는 거야!

주문

결과가 좋으면 언제든 열심히 할 텐데. 열정을 다해 사랑을 쏟아낼 텐데. 밑 빠진 독에 물 붓기가 아니라 피어날 꽃에 물을 주고 있는 거라면 이 고통 또한 견딜 수 있을 것 같아. 일이 풀리지 않을 때마다 내내 생각했다.

고통을 겪었으니 값진 결과를 얻어야 하는 게 나의 상식이었다. 그러나 세상의 상식은 달랐다. 깊은 고통일수록 질 좋은 결과가 나온다는 절대적 비례는 없었다. 물론 잘 된 적이 있었으나 실패가 압도적으로 많았으므로 결과를 마주할 때마다 자괴감에 빠졌다. 어떤 부분이 결함이었는지 회상하는데, 기력이 남았을 땐 보수공사에 돌입했고 마음이 모두 소진되었을 땐 실수를 확대해서 서너 번 읊었다.

대부분의 성공은 노력과 운이 적절하게 결합할 때 폭죽처럼 화려하게 등장한다. 노력은 의지로 가능한데 운은 비교적 미지의 기운이 있어야만 가능했다. 그러니까 나의 의지로 해낼 수 없는 '운'이라는 게 첨가되었을 때 내가 믿는 거대한 성공에 닿는 것이었다.

운은 어쩔 수 없지. 지금의 일을 할 수밖에. 결과 앞에서 매번 그렇게 생각하려고 노력하는데도 쉽지 않다. 그래서 나는 희망을 말하기로 했다. '나는 잘 될 건데 지금 잠깐 고민하는 것뿐이야.'라고.

밑 빠진 독이 아니라 너무 깊어서 바닥이 보이지 않는 독이야. 그러니까 노력이란 물을 채우기까지 진득한 의지와 시간이 필요해. 여태껏 네가 결과라고 생각한 일들도 실은 과정 중에 하나일 거야. 그러니 실패한 게 아니지. 과정을 겪은 거지. 잘 되는 결말의 주인공인데 잠시 숨을 고르고 고민하는 거야. 모든 과정엔 그게 필요해. 많은 결과가 노력과 운의 합이라고 한다면, 노력의 양을 늘려서 운의 값을 이겨버리는 방식으로 살자. 결국 노력하는 수밖에. 그게 내가 할 수 있는 최대치의 일. 깍지를 꼈다가 이내 천천히 풀었다. 다시 노력하는 나로 돌아갔다.

행복한 결말, 약간의 희망, 그리하여 획득한 한 줌의 자신감과 산뜻한 행동. 불안이 깊은 내게 가장 좋은 해독제는 행복에 대한 언질이다. 모두의 결말이 행복으로 가는 길, 우리는 잠시 고민 중인 거라고 오늘도 주문을 외친다.

벼랑 끝까지 와 버렸어, 갈 곳도 물러설 곳도 없이.

이게 아닌데...
아 — 망했다,
어쩌지...

그래서 이곳에 집을 지었어.
할 수 있는 일을 하자. 이건 기회가 될 거야.

난 살아낼 거야.

벼랑 끝의 뷰를 가져 보자.

벼랑 끝에서

앞으로 갈 수도 물러설 수도 없을 때, 사람은 의연해진다. 내게 극도로 침착한 면이 있었음을 알게 되고 자기 객관화의 신이 된다. 이유는 간단하다. 살아야 해서다. 충격을 지나 체념과 해탈 사이에서 할 수 있는 일을 찾는다. 벼랑 끝에서 내가 할 수 있는 오직 그뿐이다.

이 길과 저 길을 쏘다녔지만 결국 발걸음의 끝은 벼랑이었으므로 허무함을 껴안고 세상의 끝에 섰다. 아무리 부딪혀 봐도 내일 또한 오늘과 같을 것이라는 예상. 체념은 희망을 야금야금 갉아먹는다.

벼랑 너머의 하늘이 무심하게 흘러간다. 한강 뷰를 품은 아파트의 창밖처럼 벅찬 아름다움을 그려낸다. 여기까지 떠밀린 내가 하늘을 감상할 자격이 있나 싶다가도 마음 한구석에 오기가 피어올랐다. 위기를 기회로 바꾸라는 말이 어려웠는데 그렇게 살 때가 온 것 같다는 직감. 전조 없이 소리쳤다. 벼랑 끝의 뷰를 갖자! 나만의 집을 지어 창문을 열고 의자에 앉아 풍경과 함께 살아보자!

면접에서 떨어지고, 사람과 실망을 주고받고, 되던 일이 되지 않고, 안 되던 일은 더욱 가망이 없고, 서운해서 화가 나고 아무리 울어도 어제는 돌아오지 않을 때 나는 벼랑 끝을 경험한다. 겪을 일은 다 겪었다고 생각하며 남은 삶이 궁금하지 않았다. 그럴 때면 잔불 같은 오기를 꾸역꾸역 끄집어낸다. 바늘로 가슴을 여러 번 찔린 것처럼 속상하던 날, 집으로 돌아오는 길에 오늘은 최악이라고 생각했다. 동시에 벼랑 끝에서도 뭐든 하다 보면 늘고 언젠간 끝이 난다고 중얼거렸다. 그 사실이 날 살게 했다.

낭떠러지가 기다린다면 그 위에 앉아 하루의 막이 내리는 노을을 즐겨야지. 쉽게 볼 수 없는 벼랑 끝의 노을을 열심히 씹어 삼켜야지. 목구멍에 지난날이 걸려 막힌다면 숨을 마시며 과거를 삼키고 탈이 나더라도 소화해야지. 과거에서 얻은 영양분으로 몸을 만들고 나머지는 뒤돌아보지 않고 버려야지.

참 신기하지. 한 발 디디면 떨어질 곳에서 어떻게든 살아보겠다는 다짐이. 나약하고 강한 존재가 되는 것이. 내가 서 있는 곳의 장점과 단점을 계산하고 뭐라도 해 보는 것이. 그게 사람 같다.

우리, 벼랑 끝의 뷰를 가져보자.

그곳이 어디든 지금 서 있는 자리에서
더 하고 싶은 쪽을 선택하고 덜 후회하기로 해.

순간을 온전히 내 것으로 만들기로 해.

그렇게 지금 당장 이 자리에서 행복하자.

지금 당장 이 자리에서

후회한 적이 많은 사람은 덜 후회하는 법을 찾아 헤맨다. 후회 없이 사는 건 불가능하다는 사실을 깨달았기 때문이다. 언제 어디서라도 겪을 일이라면 건강하게 후회하는 방법을 찾아야만 모든 순간을 견딜 수 있으니 말이다.

나의 선택이어도 후회하는 일은 언제나 발생한다. 다른 일을 선택했다면, 하고 싶은 일을 버렸다는 부끄러움과 하기 싫은 일이 주는 건조한 압박에 금세 시들었을 거다. 하고 싶은 일을 택한다면 나는 사랑과 후회를 번갈아 말할 테지. 그래, 나의 선택이어서 밉다가도 나의 선택이어서 기쁜 순간을 흠뻑

즐길 테지.

글을 쓰며 사람들에게 지속적으로 전하는 말이 있다. '지금 당장 이 자리에서 행복하기', 수신자가 누구든 언제 어디서 읽든 지금 서 있는 그 자리에서 당장 행복하라고 말한다. 어떤 선택을 하든지 결국 마음이 기우는 쪽으로 넘어지게 되어있다고, 문장을 쓰는 동안 생각했다. 돌아가는 것 같아도 결국엔 나만의 결말로 가는 중이라고. 후회되는 길도 있겠지만 길게 보면 그것은 덜 후회하기 위한 또 다른 선택이었다고. 그 길로 가지 않았다면 선택하지 않았던 길에 대한 열망을 깨우치지 못했을 거라고. 처음부터 좋아하는 일을 선택했어도 좋았겠지만 그러지 않았으니 지금 이 자리에서 내가 할 수 있는 선택을 하자고. 언제나 내일을 향해 사는 것 같지만 실은 내겐 오늘뿐이라고.

일상을 단단하게 만들자. 지금의 행복을 충족해야 내일을 향한 소란스러운 열망이 사그라든다. 내일이 되면 내일의 행복을 채우면 된다. 오늘을 열심히 굴리면 일주일이, 한 달이,

일 년을 넘어 나의 삶이 단단해진다. 사람의 몸은 매일 하루치의 체력만 공급한다는 사실을 잊지 말자. 하루 동안의 후회만 관리하면 된다. 먹고 싶은 것을 먹고 사랑하는 날씨를 즐기며 책 냄새를 맡으면 된다.

파도와 조우하는 돌멩이처럼 우리는 각자의 자리에서 각자의 면적만큼 당장의 행복에 흠뻑 젖으면 좋겠다. 내일의 나는 아직 오지 않았다. 지금의 나를 위해 당장 이 자리에서 행복하면 된다. 순간을 내 것으로 만들면서. 그게 바로 건강하게 덜 후회하는 방법이다.

나는 정말 하찮고 위대해.
행복과 좌절이 공존하고 매일 다르게 울고 웃지.

작은 내가 오늘을 산다. 하루치의 성장을 품고
하찮고 위대한 내가 되고 있어.

하찮고 위대한

어린 시절엔 매일 밤 극적으로 화려해질 미래를 꿈꾸며 설렘을 누렸고, 성인이 된 지금은 내가 작고 연약해서 다행이라는 생각을 한다. 대단하지 않아서 대단하다. 하찮은 내가 위대하게 하루를 살아내고 있다.

나는 나에게 기대를 품고 있다. 하찮은 존재라도 값진 결과를 낼 것이라는 믿음이 있다. 종종 실행에 의의를 둘 때가 있는데, 겁을 먹고 뒷걸음질 치는 것보다 얼렁뚱땅 결과물을 내놓자고 다짐할 때가 그렇다. 다음 걸음에 도움이 되는 한 걸음. 그 흔적에 박수를 쳐줘야 다음 발자국이 생긴다.

작고 하찮아. 그렇게 말하면 주위에서 스스로를 과소평가하는 게 아니냐고 말한다. 이것은 평가라기보단 현실 직시와 애틋함에 가깝다. 한순간에 대단한 일을 하거나 위대해질 수 없다는 현실을 깨달았음에도 오늘을 차차 살아내는 것에 대한 박수다.

조심해야 할 것은 스스로를 과하게 낮춘 다음 성취한 일과 스스로의 가치를 비교한 격차에 따라 뿌듯함을 느끼는 것이다. 과거엔 대부분 이런 방식으로 만족을 채웠는데 채우면 채울수록 마음이 공허했다. 나를 낮추는 일은 마음에 구멍을 내는 일이었다. 채울 수 없는 그릇을 만드는 일이었다. 나를 낮추는 게 아니라 목표를 올리는 것이 더 건강한 방법이었음을, 좋은 것을 모두 흘려보낸 뒤에 알았다.

딱 오늘을 살자. 당장의 실행과 성취를 끌어안자. 오늘의 일만 소화하는 몸인 것을 잊지 말자. 그러나 포기하지 말자. 달력의 날짜를 확인하며 마음을 꾹꾹 눌러 담아 스스로에게 말했다. 극적인 성장은 없는 거, 알지? 하루는 주저앉다가 하루는 누웠다가 어느 날엔 나도 모르게 걷고 있을 거야. 기억해, 하찮아 보이지만 분명 대단한 발걸음이라는 것을. 작은 내가 이렇게나 마음을 쓰며 살아간다는 것을. 매순간 응원한다는 것을.

어제는 웃었고 오늘은 울었다. 내일은 웃을 수도 있겠다. 울고 웃기를 반복하니 지금 울고 있어도 언젠가 다시 웃을 거라는 예감이 든다.

나를 지탱하던 것들이 희미해질 때, 그러니까
삶에 진심이던 순간들이 탈각되어 건조한 나만
남은 상태일 때

쉬지 않아서 그래
천천히 생각하자

주말엔 그곳에 가자

내가 좋아하는 게
뭐였지
그래, 그거

잠을 자고
책을 읽고
나로 돌아가자

천천히 생각하면서 쉬면 대부분 돌아온다.
평화를 사랑하는 관성으로, 나를 잃지 않았다는
안도감으로, 다시 내가 된다.

습득한 마음은 사라지지 않는다. 종종 농도가 연해질 뿐.

내 손 잡아

다시 내가 되자

먼지 쌓인 마음
어딘가

여기!

자주 들여다 보고 정성을 쏟으면 다시 살아나는 마음을.
그런 마음을 지키며 산다.

나로 돌아가자

나는 나로 사는데 가끔은 내가 아닌 것 같다. 내가 아는 나와 지금의 내가 달라서일까. 상황이 변하면 사람도 변하기 나름인데 나의 변화는 내가 원치 않는 변화였다.

원하는 것을 위해서 원치 않는 일을 해야 한다면 마음을 단단하게 지켜야 한다. 원하는 것에 대한 기력을 잃기 때문이다. 그때의 자책은 단단한 마음이 아니고서야 해결하기 어려운데 좀먹은 마음으로 비틀거리며 사랑하는 일 앞에 선 자신과 이전에 건강한 모습으로 파도 속에 뛰어들던 자신을 비교하는 일은 꽤 비참하다.

회복을 위해 취미를 뒤적거렸다. 내가 사랑하던 당시의 취미를 즐기면 다시 내가 되리라 생각했다. 그러니까 내겐 큰 소리로 노래를 듣고 책을 읽고 요가를 하고 차를 마시고 근력 운동을 하고 밥을 해 먹는 시간이 필요하다. 이것이 나를 지탱하는 여러 취미인데 바쁜 시기라면 모두 사치가 된다.

취미가 사치가 되는 순간 삶은 건조하게 바스러진다. 취미를 즐기던 마음이 어느 순간 탈각된 채 황량한 몸만 남은 상태여서 슬프고 공허하기 일쑤다. 무엇을 해도 마음이 돌아오지 않을 때가 있었는데, 시도 끝에 얻은 결론은 쉼이었다.

천천히 생각하면서 숨을 내쉬는 것. 시계와 멀어진 곳에서 제한 없이 잠에 빠지고 어제를 곱씹지 않고 내일을 차단한 채 순간에 집중하는 것. 쉰다는 건 그런 것이었다. 평화로운 하루를 몇 번씩 보내고 나면 이전의 나로 돌아갔다. 간단하지만 간단하기 위한 노력은 쉽지 않았다. 현실의 속도에 익숙해진 몸으로 휴식을 불안해하는 습관을 고치는 게 매우 까다로웠다. 하루 쉰다고 해서 인생이 무너지지 않는다. 그러나 다시 돌아

○

가면 부지런히 살 것이다. 거울 앞에서 몇 번씩 반복하며 말을 뱉었다.

나로 돌아가려는 관성이 좋다. 내가 사랑하는 나는 사라진 게 아니라 잠시 희미해졌던 것이라는 확인도 좋고 존재를 놓지 않으려고 애쓰는 것도 좋다. 그렇게 마음에 호흡을 넣고 정성을 쏟으며 원하는 일과 원치 않는 일 사이에서 힘을 주는 내가 좋다. 어떻게든 삶의 반짝거림을 획득하려는 것이, 지독한 반복 사이에서 숨을 쉬고 다시 걷는 방식이 좋다.

마음에 공기를 불어넣고 원하는 방향으로 원하는
만큼 날아가고 싶어.

와!

내 숨으로 채운 나의 마음을 쥐고 내가 나의 방향이
되어 언제나 그렇게.

비로소
내가 되는 것 같아

오롯이 나를 위한
나의 선택이
길이 되고

그렇게
앞으로 쭉

풍선을 불어

기력이 닳아서 마음이 납작해진 상태, 그것을 바람 빠진 풍선이라 불렀다.

한때 잘 날아가던 것이 왜 그런대. 속이 허하대. 점점 작아지고 쪼그라들고 결국 주름이 자글자글한 마음이래. 볼품없는 마음. 스스로를 소개할 때면 그렇게 말하고 싶었다. 저는 지금 너무 납작해서요, 마음이랄 것도 없이 명치 부근에 적막이 흐르고요. 공허의 끝은 소멸 같아서 간신히 숨을 쉬고 있어요. 풍선 알죠, 바람 넣기 전의 반질반질한 새것이 아니라 기어이 터지거나 구멍이 나서 바람이 얄밉게 쪼르륵 소리 내며 하강하기 위해 비행하는 그런 풍선. 그게 바로 제 마음입니다. 소생할 수 없이 주름져서 다 쓰고 남은 풍선 같은 것이요, 라고 말할 수 없어서 그저 피곤하다는 말을 반복했다.

어느 날은 눈을 감고 마음의 상태를 확인하려 더듬거렸다. 낡은 풍선 같은 마음이 부푸는 상상을 했고 행복한 기운으로 마음이 벅차올랐을 때를 회상했다. 그때의 마음과 지금의 마음이 상태가 전혀 달라서 슬프고 허탈하다가 이내 흥미로웠다. 그렇게 거대하던 마음이, 그러니까 어디로든 날아갈 수 있을 정도로 밀도 높고 경쾌한 마음이 이렇게 작아질 수 있나. 마음의 크기는 유동적이어서 언제든 작아질 수 있는 건가. 그렇다면 언제든 커질 수도 있는 게 아닌가. 그렇게 생각하니 퍽퍽하고 건조하던 마음에 아주 작은 바람이 흘러들어왔다.

생각하기에 달렸구나. 깨달음의 바람이 불면서 구겨졌던 마음이 서서히 펴졌다. 입을 대고 후, 하고 공기를 밀어 넣듯 숨을 뱉었다. 잘하고 있어, 사랑해, 마음은 또다시 살아날 거야, 조금 젖어도 빗속에서 고개를 들어. 명치 부근을 토닥이며 말을 전했다. 풍선이 조금씩 차오르기 시작했다.

스스로에 대한 믿음으로 가득 찬 마음은 나를 당장 원하는 곳으로 데려다줄까. 마음을 움켜쥐고 달리는 것은 나지만, 마음은 때로 방향을 어렴풋이 알려준다. 마음은 그런 일을 하는 것으로 충분하다. 홀로 걷다가 길을 잃었을 때 나와 함께 방향을 고민하면 된다.

언제든 마음이 납작해질 수 있다는 불안, 그럼에도 언제든 커질 수 있다는 믿음. 그 사이에서 미련하고 정직한 한 걸음을 내딛는다. 비로소 내가 되는 방식으로.

길 잃은 마음이 머무는 그곳
괄호의 말들

1판 1쇄 펴낸날 2023년 1월 10일

지은이 생강

책만듦이 김미정 책꾸밈이 홍규선

펴낸곳 채륜서 펴낸이 서채윤
신고 2011년 9월 5일(제2011-43호)
주소 서울시 광진구 자양로 214, 2층(구의동)
대표전화 1811.1488 팩스 02.6442.9442
E-mail book@chaeryun.com Homepage www.chaeryun.com

책값은 뒤표지에 있습니다.
ISBN 979-11-85401-73-7 03810

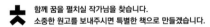

함께 꿈을 펼치실 작가님을 찾습니다.
소중한 원고를 보내주시면 특별한 책으로 만들겠습니다.

채륜(인문·사회), 채륜서(문학), 띠움(과학·예술)은 함께 자라는 나무입니다.
물과 햇빛이 되어주시면 편하게 쉴 수 있는 그늘을 만들어 드리겠습니다.